작고 아름다운 쇼펜하우어의 철학수업

지연리 글·그림

서양화와 조형 미술을 공부했습니다. 〈꾸뻬 씨의 행복 여행〉을 시작으로 〈북극 허풍담〉 등 다수의 서적을 우리말로 옮겼으며 〈버킷리스트〉〈유리 갑옷〉〈작은 것들을 위한 시: BTS 노래산문〉 외 여러 도서에 그림을 그렸습니다. 저서로 〈작고 아름다운 아들러의 행복수업〉〈작고 아름다운 니체의 철학수업〉〈라무에게 물어봐_본다는 것에 대하여〉〈자루 속 세상〉〈걱정 많은 새〉〈자기가 누구인지 모르는 코끼리 이야기〉〈파란심장〉이 있습니다. 2004년 정헌 메세나 청년 작가상, 2020년 눈높이 아동문학대전 그림책 대상을 수상했습니다.

작고 아름다운 쇼펜하우어의 철학수업

지연리 글·그림

1판 1쇄 인쇄 2024년 10월 15일 | 1판 1쇄 발행 2024년 10월 31일

펴낸이 정중모 | 펴낸곳 열림원어린이 | 등록 1988년 1월 21일(제406-2000-000202호)
주간 서경진 | 편집 정혜연, 김보라 | 디자인 권순영
마케팅 홍보 김선규, 구지영, 고다희 | 온라인사업 서명희
제작 윤준수 | 회계 홍수진
주소 경기도 파주시 회동길 152
전화 031-955-0700 | 팩스 031-955-0661 | 홈페이지 www.yolimwon.com
전자우편 bbchild@yolimwon.com
ISBN 978-89-6155-453-4 73810

© 지연리 2024

*저자와의 협의로 인지를 생략합니다.
*저작자와 출판사의 허락 없이 이 책의 일부 또는 전체를 인용하거나 발췌하는 것을 금합니다.

어린이제품안전특별법에 의한 제품 표시
제조자명 파랑새 | 제조년월 2024년 10월 | 제조국 대한민국 | 사용연령 8세 이상

작고 아름다운 쇼펜하우어의 철학수업

지연리 글·그림

열림원어린이

"인간은 왜 등불을 발견했을까요?"
아이가 물었다.
쇼펜하우어가 대답했다.
"저녁이 있었기 때문이지."

"신은 왜 저녁을 만들었나요?"
아이가 또다시 질문했다.
이에 쇼펜하우어는 다음과 같이 답했다.
"인간이 어떻게 등불을 만드는지 보고 싶었기 때문이지."

차례

마법의 주문 설명서 8

서문 12

프롤로그 16

첫 번째 여행_ 비비디 바비디 부 20

두 번째 여행_ 디에세오스타 56

세 번째 여행_ 하쿠나마타타 94

네 번째 여행_ 마하켄다프펠도문 128

다섯 번째 여행_ 오블리비아테 154

여섯 번째 여행_ 카스트로폴로스 188

에필로그 236

마법의 주문 설명서

1. 메로제에리제 Merojaerijae

메로제에리제는 상대방과 오랜 시간 동안 대화를 나눌 수 있게 해 주는 마법의 주문이야. 그러니 누군가와 오래 이야기를 나누고 싶다면 '메로제에리제!'라고 외치면 좋겠지?

2. 아이스쿨라피우스 Aesculapius

아이스쿨라피우스는 '아픔을 잊게 해 주다.'라는 뜻으로 그리스·로마 신화에 나오는 '의술의 신' 아스클레피오스 Asclepius의 이름에서 유래되었어.

3. 아브라카다브라 Abracadabra

아브라카다브라는 고대 유대인들이 사용하던 히브리어로, '말한 대로 이루어지리라.'라는 뜻의 주문이야. 중세까지는 열병을 다스리기 위한 주문으로 사용됐다고 해.

4. 비비디 바비디 부 Bibbidi Bobbidi Boo

비비디 바비디 부는 희망을 상징하는 주문이야. 월트 디즈니 컴퍼니의 애니메이션 <신데렐라>에서 요정 할머니가 신데렐라를 무도회에 보내기 위해 마법을 걸 때 외치던 주문인데 원래는 '살라카둘라 메치카불라 비비디 바비디 부'로 조금 길어.

5. 디에세오스타 Deaeseohsta

디에세오스타는 자기 자신을 사랑하게 만드는 주문이야. 나를 이해하기 어려울 때, 내가 싫어질 때 외우면 큰 효력이 있다고 전해져.

6. 하쿠나마타타 Hakunamatata

하쿠나마타타는 '걱정하지 마. 다 잘될 거야.'라는 위로의 주문이야. 아프리카 사하라 남부에서 사용하는 언어인 스와힐리어로, '걱정거리나 문제가 없다.'라는 뜻이지. 이 마법의 주문은 월트 디즈니 컴퍼니의 명작 애니메이션 <라이온 킹>에 사용되면서 널리 알려졌어.

7. 마하켄다프펠도문 Mahaken da pepeldomoon

마하켄다프펠도문은 아랍어로 '슬픔과 고통을 잊게 해 주는 주문'을 의미해. 그러니까 슬프거나 힘든 일이 있을 때 외치면 좋을 거야.

8. 오블리비아테 Obliviate

오블리비아테는 사람의 기억을 없애거나 수정할 때 외우는 주문이야. 이제껏 옳다고 여긴 것들에 의문이 생길 때 외우면 좋다고 해.

9. 카스트로폴로스 CastorPollux

카스트로폴로스는 그리스·로마 신화에 등장하는 영웅 카스토르Castor와 폴룩스Pollux를 합친 말로 '항상 행복하라.'라는 뜻을 지녔어. 그들은 제우스의 쌍둥이 아들이야.

10. 마크툽 Maktoob

마크툽은 '신의 뜻대로, 신의 생각대로 되게 해 달라.'라는 의미의 주문이야. 이 외에도 '편지', '쓰다', '운명'이라는 뜻이 있어.

서문

메로제에리제

    때로 어떤 여행은 아무런 계획 없이 시작돼. 어디로 갈지 정하지 않았는데도 길은 가야 할 곳으로 우리를 인도하고, 문을 열지 않았는데도 우린 벌써 타고 갈 기차 안에 앉은 자신을 발견하지.
    그런 여행에는 가방을 쌀 필요가 없어. 숙소를 예약하거나 방문할 곳을 미리 고를 필요도 없어. 왜냐하면 그런 여행은 우리의 계획 너머에 있거든. 우리가 우연히 지구라는 이 행성으로 여행을 온 것처럼.

그런 여행이 있다니, 신기하지? 쉽게 상상이 안 갈지도 몰라.

하지만 그거 알아? 다만 기억하지 못할 뿐, 넌 이미 그 여행을 시작했어. 왜냐하면 그런 여행은 산책길 지나치는 나무들 사이로도, 잠든 머리맡 전등 위로도, 걷다가 지쳐 다리를 쉬는 벤치 아래에서도 시작되거든.

어떤 여행인지 궁금하다면, 두려워하지 말고 잠시 눈을 감아 봐. 아주 잠깐 눈을 감았다 뜨면 너는 이미 그곳에 가 있을 테니까. 그리고 그곳은 아마도 굉장히 놀라운 곳일 거야. 눈 내리는 어느 겨울 아침, 아이들이 쇼펜하우어와 함께 떠난 100가지 질문여행처럼.

그 여행에서 어떤 일이 있었는지 궁금하다면 이 책을 펼쳐 봐도 좋아. 세상에는 아직 우리가 발견하기를 기다리는 마법의 세계가 있다는 사실을 기억하면서.

세상에! 벌써 준비되었다고? 좋아, 그럼 시작해 볼까?

하나, 둘, 셋! 메로제에리제!

이제 시작이야.

프롤로그

'마법은 언제 어디서든 일어날 수 있어. 아무렴. 벌써 모든 곳에서 일어나고 있잖아?'

쇼펜하우어가 생각했어.

21세기에 마법이라니! 그것도 이렇게 갑자기? 이상하게 들릴지도 몰라.

하지만 쇼펜하우어의 생각처럼 마법은 우리의 일상 곳곳에 숨어 있어. 옷장 안에도, 창문 너머에도, 문밖에도, 싱크대 안에도, 미끄럼틀 위에도, 벽 사이에도 숨어서 우리가 마법의 문을 열고 그 안으로 성큼 걸어 들어오길 기다리고 있지.

쇼펜하우어는 그것을 알았어. 왜냐하면 자기도 이미 그런 문을 수없이 열어 왔으니까. 그래서 마법으로의 여행을 조금 더 많은 아이가 누리길 바랐고, 그래서 또 곰곰이 생각해 보았어. 어떻게 하면 지금까지보다 더 많은 아이가 그 여행을 즐길 수 있는지 말이야. 그러곤 하나의 방법을 찾아냈어. 그것은 바로 인간의 운명을 바꿀 여행을 아이들과 함께 떠나는 것이었어. 마법은 동화 속에만 있다고 믿는 아이들이 일상에서 마법이 어떻게 일어나는지 알기에 이보다 더 좋은 방법은 없었지.

그런데 인간의 운명을 바꾸다니? 그런 일이 가능해?

쇼펜하우어는 인간의 운명에 차이가 있는 이유를 삶을 조건 짓는 세 가지 규정 때문이라고 생각했어. 인간을 이루는 것, 인간이 지닌 것, 인간이 남에게 드러내 보이는 것, 이 세 가지가 그것에 해당했지.

첫째, 인간을 이루는 것은 넓은 의미에서 인격을 의미했어. 건강, 힘, 기질, 도덕성, 예지 등이 여기에 속했어. 두 번째로 인간이 지닌 것은 일반적인 의미에서 재산과 소유물을 의미했어. 그리고 마지막, 인간이 남에게 드러내 보이는 것은 다른 사람 눈에 비친 자신의 모습에 관한 것이었어. 나에 대한 타인의 의견을 의미하는 이것은 명예, 지위, 명성으로 나뉘었어.

쇼펜하우어가 생각하기에 이중에서 행복에 가장 큰 영향을 미치는 것은 첫 번째 인격이었어. 신분과 지위가 높고 가진 것이 아무리 많아도 참된 인격적 장점에

비할 수는 없었으니까. 실제의 왕과 무대 위 왕의 관계라고 할까? 우리 내부에 있는 행복의 원인이 사물에서 유래하는 행복의 원인보다 더 큰 이유였지. 외부의 사정이 같더라도 사람마다 전혀 다른 반응을 하고, 같은 환경에 있더라도 저마다 다른 세상을 사는 까닭도 이와 같았어. 우리가 사는 이 세계는 무엇보다 각자의 세계관에 의해 좌우되므로 생각의 차이에 따라 달라졌거든. 이런 차이에 따라 세계는 진부하거나 하찮은 것이 되기도 하고, 풍요롭고 흥미진진하며 의미심장한 것이 되기도 했어.

우린 누구나 자신의 의식 속에 갇혀 살아가고 있어. 아쉽지만 이때 외부에서 우리를 도와줄 방법은 별로 없어. 하지만 자기 자신을 가두는 의식에 변화가 이루어진다면 어떨까? 쇼펜하우어는 진정한 삶의 연금술이 여기에 있다고 믿었어. 그에게 마법이란 바로 그런 것이었지.

아이들과 여행을 떠날 결심이 서자 쇼펜하우어는 곧바로 주문을 외웠어.

"아브라카다브라! 아이스쿨라피우스! 백 명의 아이들과 세 돛 범선, 그리고 바다!"

쇼펜하우어가 주문을 외우자마자 푸른 바다와 배, 그리고 백 명의 아이들이 나타났어. 자전거를 타다가 넘어진 아이, 울다 잠든 아이, 담장 너머로 축구공을 넘긴 아이, 나비를 찾는 아이, 침대 밑에 숨은 아이……, 모두 다 다른 순간의 벽에 등을 기댄 아이들이었지. 일상을 마법으로 이끌 주문을 간절히 찾던 아이들, 쇼펜하우어와 아이들의 여행은 그렇게 시작되었어.

첫 번째 여행_ 비비디 바비디 부

　쇼펜하우어는 돛을 펼쳤어. 그리고 곧 시작될 항해에 가슴 두근거리는 아이들을 돌아보며 이렇게 말했어.
　"삶은 살아 내려는 수많은 의지의 충동적인 힘으로 꾸려져 있어. 소유하지 않은 것을 원하는 이 의지는 한계도, 분명한 목표도 없이 영원히 이어지지. 그렇다면 무엇이 우리의 행복과 불행을 결정할까? 바로 원하는 것과 주어지는 것 사이의 거리야. 이 둘 사이의 거리가 멀수록 우린 불행을 느끼고, 가까울수록 행복감을 느끼거든. 그래서 우리는 삶이라는 항해를 시작하기 전에 자기가 무엇을, 왜 원하는지 알아야만 해. 그 가치 또한 알아야 하지."

Day1. 부에 대하여

"할아버지, 저는 돈이 많으면 좋겠어요. 그러면 원하는 것을 다 살 수 있으니까요."
양쪽 호주머니가 볼록한 아이가 말했어.

쇼펜하우어가 대답했어.

"물론 돈이 많으면 좋겠지. 네 말대로 사고 싶은 것을 모두 살 수 있으니까. 하지만 부란 넘치는 사치일 뿐 행복에는 거의 도움이 되지 않아. 오히려 넘치는 부로 인해 행복을 잃을 수도 있어. 부는 바닷물과 같아서 마시면 마실수록 목이 마르거든."

쇼펜하우어의 말에 아이가 반문했어.

"목이 마르면 물을 더 마시면 되잖아요, 안 그래요?"

"끝없는 갈증에 시달리며 인간이 과연 행복할 수 있을까? 우리가 부를 쌓는 이유는 일어날 수 있는 재난이나 사고에 대비하기 위해서이지 행복해지기 위해서가 아니란다. 그런데도 돈에 집착하는 사람은 진짜 행복을 모르는 사람이야."

맞는 말이었어. 구두쇠 스크루지 영감님도 돈에 집착했는데 행복과는 거리가 먼 인생을 살았거든.

Day2. 명예에 대하여

"할아버지, 저는 명예를 얻고 싶어요. 번쩍번쩍 훈장을 달면 어깨가 으쓱해지거든요."

장난감 훈장을 가슴에 단 아이가 말했어.

아이의 말에 쇼펜하우어가 물었어.

"훈장을 달면 왜 어깨가 으쓱해질까?"

"어……, 사람들이 우러러보니까요?"

쇼펜하우어는 빙긋 미소 지었어. 그러곤 이렇게 말했지.

"우린 모두 다른 사람의 호의를 바라고 인정받길 원한단다. 아무도 비판받길 원하지 않아. 좋은 평판은 삶에 의욕을 주고, 나쁜 평판은 수치심이라는 감정을 안겨 주거든. 하지만 잊지 말아야 할 것이 하나 있어. 그것은 바로 좋은 평판과 나쁜 평판 모두 실체가 없다는 사실이야. 그런 건 다 인간의 가치에 대한 다른 사람의 생각일 뿐이니까. 명예도 그래. 명예란 '실체 없는' 타인의 인정을 받으려는 욕구이자, '실체 없는' 타인의 비판에 대한 두려움일 뿐 그 자체로는 아무 힘이 없어."

Day3. 명성에 대하여

"이름을 널리 알리고 싶은 마음은요? 저는 유명해지고 싶어요."

유명한 연예인이 되고 싶은 아이가 물었어.

쇼펜하우어가 대답했어.

"명성이란 인간의 자존심과 허영을 채우는 희귀한 그림자란다."

"어, 그럼 명성도 나쁜 거예요?"

"좋고 나쁨은 명성 자체가 아닌, 명성을 통해 우리가 무엇을 취하는가에 따라 달라져. 명성이 행복에 긍정적인 영향을 미치는 진짜 이유는 명성이 아닌, 명성을 얻게한 이유, 즉 '공로'에 있거든. 그래서 실제로 명성을 얻지 못했어도 칭송받아 마땅할 가치 있는 일을 한 사람은 이미 행복을 위해 필요한 모든 것을 가졌다고 할 수 있어. 자신의 가치는 타인이 아닌 자기 자신이 결정하는 것이니까. 게다가 진정한 명성은 신경 쓰지 않아도 알아서 주어진단다."

Day4. 지위에 대하여

"할아버지, 저는 커서 회장님이 되고 싶어요. 아니면 대통령도 좋아요. 높은 곳에 올라서서 사람들을 지휘하면 정말 신날 것 같거든요."

아이가 말했어. 자그마한 체구와 달리 야망이 큰 아이였지.

쇼펜하우어가 대답했어.

"인생은 무대 위에서 벌어지는 연극과 같아. 이 무대 위에서 어떤 사람은 왕의 역할을 하고 어떤 사람은 하인이나 병사의 역할을 맡아 연기하지. 어떤 직업을 갖고 어떤 일을 하든, 그 일을 하는 '나'는 변하지는 않는다는 말이야. 부, 명예, 직위 등 모든 외적인 것은 운명의 손에 있어서 변하지만, 나 자신이라는 본질은 절대로 변하지 않거든."

"그래서요?"

"행복과 즐거움이 맡은 역할에 좌우되지 않음을 알아야 하지! 그리고 높은 지위에 올라서 하고 싶은 일이 무엇인지, 그것이 나와 타인의 행복에 어떤 영향을 미칠지 생각해 봐야 해"

아이는 쇼펜하우어의 말에 부끄러워졌어. 단순히 높은 지위에 오르고 싶다는 바람만 있었을 뿐, 높은 지위를 이용해 어떤 일을 할지는 생각해 보지 않았기 때문이야.

Day5. 칭찬에 대하여

"할아버지, 저는 조금 전까지만 해도 칭찬받는 사람이 되고 싶었어요. 칭찬받으면 기분이 좋았거든요. 그런데 지금은 다른 걸 바라야 할 것 같아요. 칭찬받길 원하는 마음도 명예를 얻고 싶은 마음과 비슷해 보여서요. 아닌가요?"

아이가 물었어. 눈썹 바로 위까지 자른 앞머리에서 반들반들 윤이 나는 아이였지.

쇼펜하우어가 대답했어.

"맞아! 칭찬도 명성이나 명예처럼 칭찬을 받게 한 행위에 그 가치가 있어. 칭찬받을 일을 하는 과정에서 자부심이라는 긍정적인 감정을 느낄 수는 있지만, 그것도 자칫하다가는 인간의 야망을 부추기고 허영심을 자극하는 원동력이 되어 버리고 마니까. 게다가 외부의 칭찬을 얻기 위해 자기 자신을 부자연스럽게 꾸미게 만들기도 해. 전부 인간을 불행의 늪에 빠트리는 못된 녀석들이지. 대부분의 불행은 나를 다른 사람들의 눈높이에 맞추려는 데서 시작되거든."

Day6. 타인의 평가에 대하여

"할아버지는 다른 사람의 평가가 중요하지 않다고 하셨어요. 그런데도 우린 왜 타인의 안 좋은 평가에 상처받는 걸까요? 저는 그게 궁금해요."

아이가 사뭇 진지한 얼굴로 물었어.

쇼펜하우어가 대답했어.

"나약하기 때문이야. 그래서 대다수가 다른 사람의 눈에 비치는 자신을 과도하게 의식하고 남이 나를 어떻게 평가하는지 생각하느라 많은 시간을 허비해. 인생이란 자기 생각과 의지로 살아가는 것이지 타인의 평판으로 사는 게 아닌데도 말이지."

"그러면 다른 사람의 눈에 비친 내가 아닌 무엇을 의식하며 살아야 하죠?"

"나 자신의 눈으로 본 내가 아닐까? 왜냐하면 네가 본 그대로가 곧 너의 세상이니까. 지금도 너는 네가 보고, 느끼고, 아는 대로 너의 세상을 만들어 가고 있어. 그 세상이 곧 너이고 말이야. 그래서 자신의 행복에 직접적으로 관여하는 사람은 언제나 나 자신일 수밖에 없어. 우리가 해야 할 일은 다른 사람의 평가에 기뻐하거나 불쾌해하는 게 아니라 자기 자신의 가치를 스스로 냉정히 평가하는 일일 테고 말이지."

Day7. 성공에 대하여

"할아버지, 성공은요? 저는 한번 태어난 이상 성공은 해 봐야 한다고 생각해요."

아이가 물었어. 상당히 부지런한 아이였지. 성공이라는 뚜렷한 목표가 있었거든.

쇼펜하우어가 대답했어.

"물론이야. 성공해서 나쁠 건 없어. 하지만 성공을 통해 행복해지고 싶다는 마음은 버려야 해."

"왜요?"

"진정한 행복은 의욕을 갖지 않아야 이룰 수 있기 때문이지. 참 행복은 부자가 되겠다는 생각, 건강해지겠다는 생각, 명성을 얻겠다는 생각 등 의욕을 버릴 때, 다시 말해 의욕을 갖지 않을 때 찾아오거든."

Day8. 외로움에 대하여

"저는 많은 친구를 얻고 싶어요. 그래야 외롭지 않을 수 있대요."

아이가 말했어. 아이의 부모님은 외동인 자녀가 외로울까 봐 늘 걱정이 많았어.

쇼펜하우어가 대답했어.

"외로움은 부정적인 게 아니야. 오히려 인간의 자연스러운 상태거든. 그런데도 많은 이들이 외로움을 피해 모이는 건 지루함과 곤란함 때문이란다. 여럿 가운데서 지루함을 물리치고 도움을 통해 곤란함을 해결할 수 있으니까. 하지만 그런 문제가 사라지면 인간은 전부 다시 혼자가 돼."

"그래도 외로운 건 피하고 싶어요. 가능하면 즐거운 게 좋으니까요."

"외로움과 친해지면 혼자서도 충분히 즐거울 수 있을 텐데?"

"정말요?"

"그럼! 외로움을 즐기게 되면 진정한 자유를 누릴 수 있단다. 자기만의 독자성은 홀로 있음에서 발견되고, 그 유일성과 일치되는 경험도 혼자 있는 시간 속에서만 가능하지."

Day 9. 기쁨에 대하여

"할아버지, 저는 하루하루가 생일이면 좋겠어요. 그러면 매일 선물 받을 수 있으니까요. 저는 선물 받는 게 가장 좋거든요."

아이가 눈을 반짝이며 말했어.

쇼펜하우어는 나날이 자신에게 쏟아질 선물을 상상하며 눈동자를 빛내는 아이를 보고 다음과 같이 말했어.

"사람들은 흔히 꽃다발, 화려한 조명, 환호, 박수 같은 것들 안에 기쁨이 있다고 믿어. 하지만 그것들은 모두 기쁨을 나타내는 간판이나 상징 또는 상형 문자 같은 것일 뿐 기쁨 자체는 그 안에 있지 않아. 기쁨은 그런 축제에는 모습을 드러내지 않거든. 오히려 초대도 없이 자기 스스로 거침없이 찾아오지. 가장 사소하고 하찮은 일에, 일상 속에서 전혀 빛나지 않고 영광스럽지도 않은 자리에 슬그머니 나타나지. 어떤 규칙이나 법칙 없이, 보통 아주 작은 알갱이로만 존재하면서 일상 속에 모습을 드러내."

  할아버지의 말이 맞는다면, 일상은 보물찾기의 연속이었어. 생각만으로도 신나는 일이었지.

Day10. 자기 자랑과 허세에 대하여

"할아버지, 저는 자랑할 것이 많은 사람이 되면 좋겠어요. 사람들은 그런 사람을 좋아하는 거 같거든요. 아닌가요?"
아이가 물었어.

쇼펜하우어가 대답했지.

"글쎄다, 과연 그럴까? 나는 자랑을 좋아하지 않아. 허세도 좋아하지 않아. 왜냐하면 그런 건 자기 안에 내세울 만한 게 없다는 자기 고백에 불과하거든. 자랑과 허세가 자기 자신에게 내리는 유죄 선고와 다름없는 이유이지."

"정말요? 그럼 이제부터 전 뭘 원해야 해요?"

"자기 자신을 믿는 것 아닐까? 우리 모두의 안에는 굳이 자랑해 내보이지 않더라도 스스로 빛나는 여러 좋은 점이 있단다. 나는 네가 그걸 믿었으면 좋겠어."

Day 11. 시기심에 대하여

"할아버지, 저는 질투하지 않는 사람이 되면 좋겠어요. 모든 면에서 저보다 나은 친구가 있는데 그 친구를 보면 질투가 나거든요. 제가 좋아하는 친구인데도 그래요. 어떻게 하면 질투심이라는 감정을 없앨 수 있을까요?"

아이가 물었어. 아이는 값비싼 옷을 입고 값비싼 가방을 들고 다니고, 공부도 잘하는 짝이 늘 부러웠어.

쇼펜하우어가 대답했어.

"나보다 더 많이 가진 사람에게 질투 날 때는 나보다 덜 가진 사람을 생각해 보면 좋아. 다른 사람이 나보다 앞설 때도 나보다 뒤처져 있는 사람을 생각하면 좋고 말이야. 고통은 항상 더 큰 게 더 작은 걸 덮어 버리거든. 다리가 부러졌을 때 베인 손가락의 고통이 크게 느껴지지 않는 이치와 같지."

Day12. 실패에 대하여

 "할아버지, 저는 실패 없는 삶을 원해요. 그것도 이루어질 수 있나요?"
 아이가 물었어.

쇼펜하우어가 대답했어.

"세상을 살며 우린 많은 길을 걷게 된단다. 그 길 안에는 쭉 뻗은 대로가 있는가 하면 굽은 길이 있고, 막다른 길도 있어. 성공과 실패가 인생 안에 공존한다는 말이야. 이 말은 곧 한 번도 실패하지 않는 사람은 없다는 뜻이기도 해. 하지만 그렇다고 좌절할 필요는 없어. 막다른 길도 어느 한쪽은 늘 다른 길과 이어져 있으니까. 게다가 실패를 통해 좌절을 경험한 사람은 자신만의 역사를 갖게 돼. 인생을 통찰할 수 있는 지혜도 얻게 되지. 성공해 봤으니 실패도 하고, 실패해 봤으니 다시 일어서기도 하면서 영원한 부도, 영원한 성공도, 영원한 실패도, 영원한 궁핍도 없음을 알게 되거든."

Day13. 지루함에 대하여

"할아버지, 저는 사는 게 재미없고 따분해요. 무슨 애가 저럴까 생각하시겠지만, 사실이에요. 그래서 말인데요, 어떻게 하면 인생을 재미있게 살 수 있을지 알려 주실 수 있을까요?"

핸드폰 화면에서 시선을 떼지 않은 채 아이가 물었어. 질문해 놓고도 대답을 기대하지 않는 눈치였지.

쇼펜하우어가 대답했어.

"혼자 웃는 법을 연습해 보렴."

뜻밖의 대답에 아이가 고개를 들었어.

쇼펜하우어는 아이와 눈을 맞추고 이렇게 말을 이었어.

"사람들은 흔히 혼자 웃는 사람을 보고 이상하게 여긴단다. 하지만 나는 정신적인 특수한 문제가 없는 한, 혼자 웃을 수 있는 사람만이 인생의 지루함을 현명하게 떨쳐 버릴 수 있다고 생각해."

"왜죠?"

"그런 사람은 상상력이 풍부하거든. 정신 활동이 활발해서 매 순간이 창조이자 새로운 발견이지. 내부로 향하는 왕성한 활동이 있기에 그는 외부 활동에서 만족감을 얻으려 노력할 필요도 없어."

Day14. 상상력에 대하여

"우아, 할아버지, 저도 상상력이 풍부해서 혼자서도 잘 웃는 사람이 되고 싶어요. 그러려면 어떻게 하면 돼요? 아무도 만나지 말고 거울을 보며 웃는 연습을 하면 되나요?"

옆에서 듣고 있던 아이가 상기된 얼굴로 물었어.

쇼펜하우어가 대답했어.

"오, 아니야. 내 말뜻은 지루하지 않으려고 외부 활동에 의존하지는 말라는 거였어. 우리의 상상력은 외적 감각의 자극이 적게 전달될수록 활발해지지만, 상상력의 저장고는 외부로부터 채워지거든. 음식을 통해 양분을 얻어 에너지를 내는 몸처럼 외부에서 받아들여 저장된 것들은 나중에 힘을 발휘해야 할 순간이 올 때 적정한 힘을 내게 되니까. 산책, 여행, 사람과의 관계에서 얻는 다양한 경험이 우리에게 필요한 이유란다."

Day15. 욕망에 대하여

"할아버지, 저는 무언가를 바라는 마음이 왜, 어디서 생기는지 궁금해요. 우린 왜 늘 무언가가 되기를 바라고 원하는 것을 얻고 싶어 할까요?"

아이가 물었어.

쇼펜하우어가 대답했어.

"인간은 원래 욕망으로 가득한 덩어리야. 욕망은 살고자 하는 의지의 다른 이름이기도 하고 말이지. 인간을 비롯해 모든 살아 있는 존재는 이 살려는 의지의 충동적인 힘에 이끌려 삶을 꾸려 간단다. 그래서 아까 내가 원하는 것을 얻으려는 기대와 욕구에는 한계가 없다고 말한 거야. 생의 목표 외에는 다른 분명한 목표 없이 영원히 이어지는 이 충동이 있기에 생명을 멈추지 않을 수 있으니까."

"하지만 할아버지, 그러면 뭔가 이상해요. 자신에게 없는 걸 얻으려고 노력만 하다가 인생이 끝나는 것 같거든요. 그런 건 너무 불행해 보여요."

"맞아. 그런 삶은 너무도 불행해. 그래서 우리에게 앎이 필요한 거야. 삶이란 무엇인가에 대한 앎! 삶이 원래 인간이 극복하기 어려운 욕구나 고통으로 이루어져 있음을 안다면, 행복해지기 위해 노력하기보다는 덜 불행해지기 위해 노력할 수 있거든. 그러면 어느 순간 불행한 일이 닥쳐도 완전히 불행하지만은 않게 돼. 욕망도 그래. 욕망이 피할 수 없는 본능이자 채워질 수 없음을 알면 채우기 위해 소중한 시간을 낭비하지 않게 되니까."

Day16. 결핍과 만족에 대하여

"할아버지 그러면 만족감은요? 우리는 영원히 불만족인 상태로 살아야 하나요?"
 아이가 입술을 삐죽이 내밀고 고개를 45도 각도로 기울인 채 물었어.

쇼펜하우어는 그런 아이의 얼굴을 따스한 눈길로 바라보았어. 그리고 이렇게 말했지.

"아니, 그렇지 않아. 결핍과 고통은 분명 인간의 삶과 늘 함께하고, 우리가 느끼는 만족감은 괴로움이나 결핍이 사라진 순간 아주 잠깐만 허용되는 것이지만, 지금 내가 가진 것의 소중함을 알면 결핍에서 오는 불만족에 시달리기보다는 감사하게 되니까."

"지금 내가 가신 것이요? 그 소중함을 알려면 어떻게 하면 되는데요?"

"내 곁에 있는 것들이 사라지면 어떨지를 생각해 보면 되지!"

쇼펜하우어의 말에 아이는 '아하' 하는 표정을 지었어. 예상 밖으로 해결 방법이 쉽게 느껴졌기 때문이었어.

Day 17. 참된 부에 대하여

"할아버지, 그러니까 우리를 행복하게 하는 것은 우리 바깥에 있지 않네요. 그렇지요?"
아이가 확신에 찬 얼굴로 물었어.
쇼펜하우어가 대답했어.

"맞아, 우리를 행복하게 하는 참된 부는 우리의 영혼 안에 있어. 다시 말하면 무게 중심이 자신의 바깥에 있지 않은 것이지. 여기에는 먹고 마시기, 소화, 휴식, 수면처럼 재생과 관련된 것이 있고, 산책, 달리기, 춤과 각종 운동 경기처럼 신체의 자극과 관련된 것이 있어. 그 밖에 탐구, 사유, 감상, 글쓰기, 음악, 학습, 독서, 명상, 발명, 철학적 사고같이 정신적 감수성과 관련된 것도 있고 말이야. 그런데 이중에서 감수성과 관련된 것은 특히 중요해. 감수성에 따라 우리의 인식 능력이 달라지거든."

아이는 배고플 때는 옹졸했던 마음이 배부르면 넓어졌던 경험을 떠올렸어. 우울할 때 걸으면 기분이 좋아진 기억도 있었지. 니체 할아버지, 아들러 할아버지와 함께한 시간도 떠올렸어. 자로 재어 보지는 않았지만, 그때 영혼의 키가 10센티미터는 자란 것 같았거든.

두 번째 여행_ 디에세오스타

 아침을 먹고 난 다음이었어. 멀리, 이제 막 생겨난 콩알 구름을 보며 쇼펜하우어가 말했어.

 "누군가 자기 자신을 위해 붙인 촛불만이 다른 사람을 위해서도 빛난단다. 다른 사람을 위해 생각하기 전에 먼저 나 자신을 위해 생각해야만 하는 이유가 바로 여기에 있지. 인간은 자기 안에 최종적이고 근본적인 비밀을 지니고, 이 내부에 가장 직접적으로 접근할 수 있는 사람도 오직 자기 자신뿐이거든. 우린 거기에서만 세계의 수수께끼를 푸는 열쇠를 발견하고 만물의 본질을 한 가닥의 실로 파악할 수 있어."

Day18. 나 자신을 아는 것에 대하여

"할아버지, 내가 생각하는 나와 다른 사람이 생각하는 내가 다른 건 왜일까요? 저는 그게 궁금해요."
아이가 물었어.

쇼펜하우어가 대답했어.

"사실 우린 거울을 보면서도 자기 자신에 대해서는 제대로 보지 못해. 하나의 거울을 통해 볼 수 있는 것은 자신의 정면뿐이니까. 내가 생각하는 나와 다른 사람이 생각하는 내가 다른 이유가 바로 그것이야. 정면만 볼 수 있던 상황에 거울 하나가 더해지면 뒷면과 옆면도 볼 수 있거든. 이렇게 우린 객관적인 시선을 통해 모르던 자신의 이면을 발견할 수 있어. 물론 타인의 시선이 언제나 옳지는 않겠지만."

Day19. 선입견과 편견에 대하여

"할아버지, 옳지 않은 타인의 시선에는 어떤 게 있을까요? 그걸 알아야 귀담아들어야 할 것과 걸러서 들어야 할 게 보일 것 같아요. 아닌가요?"

앞선 질문과 대답을 머릿속으로 곱씹으며 아이가 물었어. 커다란 눈을 끔뻑이는 아이의 모습은 되새김질하는 송아지를 닮아 있었지.

쇼펜하우어가 대답했어.

"선입견과 편견으로 가득한 시선이 아닐까? 후천적인 성격을 지니는 이 둘은 정말로 보아야 할 것을 못 보게 방해하거든. 그래서 우리가 봐야 할 존재의 참모습을 원래 모습과는 다르게 왜곡해서 인식하게 만들어 버려. 항해를 마친 배를 바다 쪽으로 밀어내 닻과 돛을 쓸모없게 만드는 역풍 같다고나 할까?"

Day20. 좁은 시야에 대하여

"할아버지, 저는 지난 시험에서 목표치에 도달하지 못했어요. 거기까지가 제 한계였나 봐요. 그래서 사실은 기분이 몹시 안 좋아요. 어떻게 하면 다시 기분이 좋아질까요?"

아이가 물었어.

아이의 말을 들은 쇼펜하우어는 엄지로 한쪽 눈썹을 위로 밀어 올렸어. 그러곤 이렇게 말했어.

"인간은 어쩌면 각자 도달할 수 있는 지점에 대한 자신만의 지평선을 가졌는지도 몰라. 각자의 요구는 이 지평선의 범위 내에서만 움직이고 말이야. 네가 목표치에 도달하지 못해서 기분이 좋지 못하듯, 이 지평선의 범위 내에 있는 무언가를 얻을 수 있다고 느끼면 행복감을 느끼고, 그렇지 않으면 불행하다고 느끼면서. 안타깝지만 이때 시야 밖에 있는 것들은 그에게 아무런 영향을 미치지 못해. 모두 자신의 시야 끝을 세계의 끝이라고 여기니까. 하지만 한 가지, 거기서 벗어날 방법은 있어."

"그게 뭐예요?"

"지평선을 보고 그 지평선이 끝나는 지점에서 지구가 끝난다고 생각하지 않는 것!"

Day21. 실수에 대하여

"할아버지, 실수를 통해서도 배울 게 있나요? 저는 그게 궁금해요."
아이가 물었어.

쇼펜하우어가 대답했어.

"물론이야. 하지만 그건 실수 자체라기보다는 잘못을 인정하고 앞으로 같은 실수를 저지르지 않도록 다짐하는 과정에서 얻어져. 인간은 자기 징계가 없으면 성장하지 못하거든. 그런데 실수가 분명한 잘못을 저질러 놓고도 변명하거나 그런 자신을 미화하면 어떨까? 자기 징계의 기회를, 그래서 성장할 기회를 놓치게 되겠지?"

아이가 고개를 끄덕였어. 평소 실수가 잦았지만, 잘못을 저지른 뒤 반성을 통해 배움을 얻는다면 실수한 사실 하나만으로 괴로워할 이유는 없었어.

Day22. 모르는 것에 대하여

"할아버지, 저는 척척박사가 되고 싶어요. 모르는 게 없는 사람이요. 제가 그런 사람이 될 수 있을까요? 그리고 그러려면 무엇부터 배워야 할까요?"
아이가 물었어.

쇼펜하우어가 대답했어.

"먼저 모르는 걸 모른다고 인정하는 법부터 배워야 하지 않을까? 모든 탐구는 거기서 시작되거든. 모르지 않았다면 앎도 없었을 테니까."

Day23. 마지막 판단에 대하여

"할아버지, 중요한 일을 앞두고 어떻게 해야 할지 판단이 잘 서지 않을 때는 어떻게 해야 해요?"

진로를 앞두고 고민하는 아이가 물었어. 이마 가득 난 여드름은 아이의 고민이 얼마나 큰지를 잘 보여 주고 있었지.

쇼펜하우어가 대답했어.

"오래 살아남는 모든 것들은 천천히 온다."

"네? 그게 무슨 말씀이세요?"

"지금 당장 결정을 내리기 힘든 일에는 숙고할 시간이 더 필요하다는 걸 의미하지! 결정을 내리기에 앞서 필요한 기다림 외에 한 가지 더 고려해야 할 점이 있다면, 그건 바로 어떤 선택이든 마지막 판단은 타인에게 기대지 말아야 한다는 것이고 말이야. 우리는 자신의 삶을 살기 위해 이곳에 왔지, 다른 누구의 삶을 살려고 온 게 아니거든."

아이의 얼굴에 옅은 미소가 아지랑이처럼 피어오르기 시작했어. 그러자 이마에 난 여드름이 봄날의 벚꽃처럼 보였어.

Day24. 꾸어도 좋을 꿈에 대하여

"할아버지, 어디서 들은 말인데요. 꿈은 크게 꿀수록 좋대요. 정말 그런가요?"
아이가 물었어. 부모님의 바람과 달리 소박한 꿈을 꾸는 아이였어.

쇼펜하우어가 대답했어.

"우리가 꾸어야 할 꿈은 그 꿈의 재료인 우리 안에 이미 들어 있단다. 네게 있는 재능이 곧 네가 꾸어야 할 꿈이라는 말이야. 그래서 나는 자기에게 없는 재능은 함부로 탐하지 말아야 한다고 생각해. 허황된 꿈에서도 깨어나야 하지. 꿈과 희망이 삶에 목표를 만들어 준다면, 인간은 그 목표를 이루기 위해 인생의 많은 부분을 고스란히 바치게 되거든. 인생은 단 한 번뿐이고, 애쓰는 나도 오직 하나뿐인데도 말이야. 그렇기에 우린 꾸어도 좋을 꿈과 아닌 꿈을 구별할 줄 아는 능력을 키워야 해. 그래야 제한된 시간을 허비하지 않을 수 있어."

Day25. 다름에 대하여

"할아버지, 저는 사람이 왜 다 다른지 모르겠어요. 쌍둥이도 가만히 보면 다르거든요. 이건 왜 그럴까요?"

이란성 쌍둥이 형제 중에서 키가 유달리 작은 아이가 물었어.

쇼펜하우어가 대답했어.

"각자 자기만의 개성이 있어서이지. 개성이란 곧 자신을 드러내는 고유한 성질을 말하고 말이야. 우리가 개성이라고 부르는 이 성질은 세월이 흐를수록 더욱 다듬어져서 다른 사람에게는 없는 특출한 장점이 된단다. 그걸 잊지 말아야 해. 그래서 내가 남과 다르다고 자신을 비하하거나 남이 나와 다르다고 소외시켜서는 안 돼. 모두가 다르기에 이 세상이 유지되는 것이니까."

Day26. 타인의 결점에 대하여

"할아버지, 자기 결점보다 다른 사람의 결점이 더 잘 보이는 건 왜 그래요? 눈이 안이 아니라 바깥쪽으로 향해서 그런가요?"

아이가 장난기 묻어나는 목소리로 물었어.

쇼펜하우어는 아이의 재치 있는 표현이 근사하다고 생각했어. 그래서 이렇게 대답했지.

"훌륭한 비유야. 네 말대로 우리는 매 순간 자신의 몸무게를 지탱하고 살아가면서도 그 무게를 직접 느끼지 못하거든. 체중계에 오르기 전까지는 말이야. 반대로 다른 사람을 들어서 움직이려고 할 때는 그 무게를 고스란히 느끼지. 다른 사람의 결점이 내 결점보다 더 잘 보이는 건 바로 그런 이유란다."

Day27. 자신의 결점과 약점을 대하는 자세에 대하여

 "할아버지, 저는 저의 결점이나 약점을 다른 사람에게 들킬까 봐 불안해요. 다른 사람들도 그런가요?"
 아이가 물었어.

쇼펜하우어가 대답했어.

"인간은 누구나 자신의 미덕에 상응하는 결점을 지니고 있어. 하지만 이에 대한 사람들의 반응은 둘로 나뉜단다. 첫 번째 부류의 사람들은 자신의 약점을 감추려고 해. 결점이 밖으로 드러날 때마다 장점도 그만큼 줄어든다고 생각하기 때문이야. 반면, 두 번째 부류의 사람들은 자신의 결점이나 약점을 인정하고 드러내길 주저하지 않아. 그들은 자신의 결점이 오히려 장점을 명예롭게 해 준다고 믿거든. 누구에게나 결점은 있지만 그런데도 장점이 있다는 걸 명예로운 일이라고 생각하기에 가능한 일이지."

Day28. 다양한 생각에 대하여

"할아버지, 저는 생각을 정리할 시간이 필요해요. 그래서 생각할 시간을 달라고 하면 친구들이 이상한 눈으로 봐요. 제가 이상한 걸까요?"
아이가 걱정스러운 얼굴로 물었어.

쇼펜하우어가 대답했어.

"그렇지 않아. 책을 새로 사기 전에 책장을 먼저 정리해야 하듯이 생각도 주기적으로 정리해 줘야 하거든. 가끔 먼지도 털어 주고, 종류별로 분류도 해 주면서. 그렇지 않으면 아무리 좋은 생각도 나중에 어디에 있는지 까맣게 잊고 말아. 수많은 책을 읽고 다량의 지식을 쌓았다고 해도 정작 머릿속이 정리되어 있지 않으면 그간 쌓아 온 지식이 죽어 없어져 버리는 것과 같아."

Day29. 스스로 사고하기에 대하여

"할아버지, 저는 생각하는 게 싫어요. 괜히 머릿속만 복잡해지거든요. 그런데도 엄마는 사고력을 키워야 한다며 책을 왕창 사다 주세요. 읽고 생각해 보라고요. 엄마는 생각하기 싫어하는 저의 개성을 무시하시는 걸까요?"

아이가 물었어.

쇼펜하우어가 대답했어.

"오, 개성은 그럴 때 쓰는 말이 아니야. 생각이 많지 않은 것과 스스로 생각하길 싫어하는 건 다르거든."

"어떻게요?"

"개성은 싫고 좋고의 문제가 아니란다. 우리의 선택 너머에 있으니까. 다시 사고의 문제로 돌아가면, 나는 너의 어머니가 현명하다고 생각해. 독자적 사고를 하고, 자발적으로 생각하고, 올바로 생각하는 사람은 자기 안에 길을 잃지 않게 도와주는 나침반을 갖게 되거든. 게다가 뭐든 사고를 거쳐 온전히 자기 것으로 만든 사람의 앎은 어떤 지식보다 백배는 더 가치 있어."

Day30. 전체를 보는 눈에 대하여

"할아버지, 시간이 지나 알게 된 것과 그전에 알던 게 다른 건 왜 그래요? 어떤 일이 있었는데 나중에 생각해 보니까 예전에는 보이지 않던 게 보였어요."

아이가 물었어.

쇼펜하우어가 대답했지.

"시야가 넓어졌기 때문이야. 말하자면 전체를 보는 눈이 생겼달까?"

"전체를 보는 눈이요?"

"그래. 예를 들면 이런 거야. 건물을 세우기 위해 벽돌을 나르며 우린 벽돌만 나를 뿐 건물의 전체 설계도와 평면도를 항시 염두에 두지는 않는단다. 그러다가 시간이 어느 정도 흘러 벽돌 쌓기가 끝나면, 그제야 지어지는 건물의 설계가 눈에 보이기 시작해. 인생도 마찬가지야. 생을 관통하는 이력과 그 특성을 알게 되는 건 나중에 뒤돌아본 다음이니까."

"무슨 뜻인지 알겠어요. 그러니까 전체를 보는 눈은 지금이 아닌 늙어서만 얻을 수 있는 거네요?"

"꼭 그렇지는 않아. 전체를 보는 시야는 예측 훈련을 통해 키울 수 있거든. 집과 관련해서 다시 예를 들자면, 벽에 못을 박다가 잠시 멈춰 서서 자기가 지금 못을 박는 벽이 건물의 어디쯤 있는지, 그 벽 위와 아래에는 무엇이 있는지 상상해 보는 것이지. 그러면 건물 전체를 보는 눈을 얻게 돼."

쇼펜하우어의 말에 아이가 고개를 위아래로 천천히 움직였어. 언젠가, 어디서, 큰 그림을 볼 줄 알아야 한다는 말을 들었는데 그게 무슨 뜻인지 이제 알 것 같았거든.

Day31. 본다는 것에 대하여

"할아버지, 제가 학교에 다니기 전과 다니고 난 후의 세상이 달라요. 입학하기 전에는 제 세상에 수학은 없었으니까요. 앞으로도 그렇겠죠?"

아이가 물었어. 질문하는 아이의 얼굴에는 장난기가 가득했지만, 사실은 노력해도 나아지지 않는 수학 성적 때문에 고민이었어.

쇼펜하우어는 아이의 곤혹스러움을 모를 리 없었어. 그래서 이렇게 대답했어.

"네가 경험을 통해 느꼈듯, 앞으로의 세상은 이전과 다를 거야. 세계는 결국 살면서 인식하는 모든 이들의 표상에 지나지 않으니까."

할아버지의 말은 이해하기 어려웠어. 문제의 해결이 아닌 또 하나의 문제를 던져 준 기분이랄까? 쇼펜하우어는 미간을 찡그린 채 고개를 갸웃거리는 아이를 위해 다음과 같이 설명을 덧붙였어.

"쉽게 말하면 이런 거야. 여기 사과 하나가 있다고 가

생각

정해 보자. 이 사과는 뭘까? 우리가 사과라고 하는 것은 사과라는 객관과 내가 경험한 사과의 주관이 합쳐진 결과물이야. 그래서 사람마다 다 다르게 사과를 인식하지. 그리고 그 인식은 너의 세상에 이전에는 없던 수학이 들어오며 달라졌듯 가변적이야. 세계가 곧 표상하는 자의 의지이거든. 지금 네가 겪는 고통은 수학을 잘하고 싶지만 그러지 못해서 오는 것이고 말이야. 무슨 말인지 알겠지?"

쇼펜하우어의 물음에 아이가 "네." 하고 고개를 끄덕였어.

"좋아, 그렇다면 수학이 들어와서 이전과 달라진 지금에 수학을 못해도 괜찮다는 인식이 들어서면 어떨까? 고통이 사라질 거야."

진짜 그랬어. 아들러 할아버지도 '어떤 렌즈를 통해 보는가에 따라 모든 것이 달라진다.'라고 말씀하셨거든.

Day32. 행위에 대하여

"할아버지, 우린 왜 매일 무언가를 해야만 할까요? 저는 가끔 공부하다가 지치면 식물처럼 아무것도 안 하고 가만히 있으면 얼마나 좋을지 생각해요."
아이가 물었어.

쇼펜하우어는 아이의 질문에 빙그레 웃으며 이렇게 대답했어.

"인간의 능력은 어딘가에 사용되기를 바라고 어떻게든 그 사용의 성과를 보고 싶어 해. 여기서 가장 큰 만족은 무언가를 '한다.'라는 관점에 있고 말이야. 두더지의 욕구가 땅을 파는 일이듯 인간의 욕구는 노력하고, 저항하고, 투쟁해 쟁취하는 것이거든. 우린 이 욕구를 이용해 바구니를 만들 수도 있고 책을 쓸 수도 있어. 세상이라는 그릇 안에서 자신만의 인생을 완성하는데 필요한 재료를 꺼내 쓰며 끝없이 움직이면서. 생의 목적이란 바로 그런 것이란다."

Day33. 내가 나여야 할 이유에 대하여

"할아버지, 그런데 우리는 왜 자기 자신에 대해 잘 알아야 해요? 저는 그게 궁금해요."
아이가 물었어.

쇼펜하우어가 대답했어.

"자기 자신이 되기 위해서이지. 왜냐하면 행운은 거울 속의 나를 제대로 바라볼 수 있을 만큼 용기 있는 사람을 따르거든. 그런 사람은 자신에게 주어진 개성을 최대한 유리하게 사용할 줄 알아. 좋은 체격을 이용해 역도나 유도를 하고, 남다른 시력과 담력으로 양궁에서 좋은 성적을 내는 것처럼. 반대로 순발력은 좋되 지구력이 없는 사람이 마라톤을 한다면 어떨까? 그런 상황에서는 좋은 결과를 얻을 수 없을 거야. 결과가 나쁘면 자기 자신에게 만족할 수 없으니 행복감도 느낄 수 없겠지. 물고기는 물에 있어야, 새는 공중에 있어야, 두더지는 땅속에 있어야만 행복하단다."

Day34. 자기만족에 대하여

"꽃은요? 꽃은 어디에 있어야 행복해요?"
아이가 물었어.

쇼펜하우어가 대답했어.

"꽃은 피어야 행복하지."

"왜요?"

"자기만족을 위해서! 스스로 만족하고 자신만이 전부인 존재에게는 확실한 행복의 특성이 있거든. 들꽃을 보고 '아름다운 꽃이지만 곧 시들어버리겠지? 누구의 눈에도 띄지 않은 채, 아무런 주목도 받지 못하고서! 안타까운 일이야.'라고 생각한 철학자에게 '멍청이! 내가 남들에게 보이려고 꽃을 피우는 것 같아? 아니야. 나는 다른 누구를 위해서가 아니라 나 자신을 위해 꽃을 피우는 거야. 그게 좋으니까. 나의 즐거움과 기쁨은 꽃을 피운다는 데에, 존재한다는 데에 있거든.'이라고 대답한 꽃처럼 말이지."

세 번째 여행_ 하쿠나마타타

 정오 무렵이었어. 아이들은 슬슬 지루함을 느끼고 삼삼오오 모여서 대화를 나누거나 놀이에 열중했어. 다투는 아이들도 있었어. 쇼펜하우어는 그런 아이들을 한자리에 불러 앉혔어. 그러고는 이렇게 말했어.

 "살아 있는 모든 존재는 의지로 가득하고, 우린 이 의지를 세상 모든 존재와 공유하고 있어. 그런 점에서 우리는 어떤 존재와도 다르지 않아. 우리가 인간에 대해 배우는 것도 바로 그래서야. 인간을 통해 세계를 이해하는 것이 세계를 통해 인간을 가르치는 것보다 옳거든. 왜냐하면 우린 언제나 직접적인 자의식으로부터 간접적으로 주어진 것, 즉 외부 인식을 설명해야 하니까. 이것과 반대로는 되지 않아."

Day35. 관계에 대하여

"할아버지, 저는 얼마 전에 소꿉친구를 만났어요. 굉장히 오랜만에요. 그런데 예전처럼 가까운 느낌이 들지 않았어요. 왜 그럴까요?"

아이가 물었어.

쇼펜하우어가 대답했어.

"상황이 바뀌었기 때문이야. 상황이 바뀌면 관계도 변하거든."

"제가 변해서가 아니고요?"

"네가 변해서일수도, 친구가 변해서일수도 있지. 식물이 햇볕을 향해 매 순간 몸을 돌리듯, 인간도 자신에게 좋은 방향으로 생각과 태도를 바꾸기 마련이니까. 그래서 우린 다른 사람에게 예전처럼 행동해 달라고 요구해선 안 돼. 예전과 같은 사람이기를 바라서도 안 되지. 세상에서 변치 않는 단 하나의 진리가 있다면, 그건 바로 모든 게 변한다는 것이거든."

쇼펜하우어의 말에 아이는 안도했어. 내가 변했다고, 혹은 친구가 변했다고 탓할 이유가 이젠 없었기 때문이야.

Day36. 원하지 않는 상황에 대하여

"할아버지, 우리 반에 저를 괴롭히는 친구가 한 명 있어요. 걸핏하면 시비를 걸죠. 모든 게 변한다니까 하는 말인데요, 그 친구도 언젠가는 바뀌겠죠?"

아이가 물었어.

쇼펜하우어는 아이를 따뜻한 눈으로 바라보았어. 그리고 이렇게 대답했어.

"그럴 수도 있고, 아닐 수도 있겠지. 모든 게 변하지만, 그 모든 것이 자신이 원하는 방향으로만 변하는 건 아니니까. 더욱이 우린 세상을 살아가며 원하는 사람만 만나고, 원하는 일만 할 수는 없어. 원치 않는 상황도 피할 수 없고 말이야. 안타깝지만 그게 현실이야."

"그럼 저는 계속 괴로워해야 해요? 그 친구 때문에요?"

"음, 이렇게 해 보면 어떨까 해. 내가 종종 사용하는 방법인데, 나를 화나게 하는 사람이나 상황을 돌멩이로 생각하는 거야. 그러면 화가 나려다가도 기분이 풀려. 걷다가 돌멩이 하나가 굴러와 앞을 가로막는다고 돌에 대고 화를 내면 내 꼴만 우스워지는 거니까."

Day37. 예의에 대하여

"할아버지, 저는 화석 인류인 오스트랄로피테쿠스가 살던 때에도 지켜야 할 예의가 있었는지 궁금해요."
아이가 물었어.

쇼펜하우어는 아이의 발상이 신선하게 느껴졌어. 그래서 재미있는 이야기로 예의에 관해 설명하기로 했지. 그가 말했어.

"어느 추운 겨울날의 일이야. 고슴도치들은 얼어 죽지 않기 위해 서로 바짝 달라붙어 있었어. 하지만 곧 서로의 가시에 서로가 찔린다는 사실을 알고는 한 걸음씩 떨어졌단다. 그러다가 다시 추위를 견딜 수 없게 되었고, 또다시 모여 한 덩어리가 되었어. 이렇게 수없이 멀어졌다 가까워지기를 반복한 끝에 고슴도치들은 마침내 가시에 찔리지 않고 추위를 이길 적당한 거리를 발견했어. 그게 바로 예의야. 인간이 도덕적, 지적으로 빈약한 상태를 서로 무시하거나 드러내지 않기 위해 암묵적으로 합의한 결과이기도 하지. 그런 의미에서 보면 오스트랄로피테쿠스에게도 지켜야 할 예의는 있었을 거야. 지금과는 내용이 달랐겠지만."

Day38. 말과 생각의 거리에 대하여

"할아버지, 저는 머릿속에서 떠오른 생각을 말로 다 해 버려요. 아빠는 그것도 예의에 어긋나는 일이라고 고쳐야 한다는데 정말인가요? 혼잣말도 조심해야 해요?"

아이가 물었어.

쇼펜하우어가 대답했어.

"생각과 말 사이의 거리는 멀면 멀수록 좋단다. 좋은 관계를 유지하기 위해 해야 할 말과 하지 말아야 할 말이 있으니까. 무례함은 행동만이 아니라, 말로도 나타나거든. 게다가 습관적으로 한 생각이 말과 친해져서 바람직하지 않은 순간에 불쑥 튀어나오기도 해. 그럴 때는 후회해도 소용없어. 한번 내뱉은 말은 어떻게 해도 되돌릴 수 없으니까."

쇼펜하우어의 말에 아이는 눈동자를 왼쪽으로 굴리며 지난 일을 떠올렸어. 평소에 나쁘다고 생각한 친구가 있었는데 알고 보니 좋은 친구였거든. 그 친구를 나쁘게 여기던 자기 생각이 말이 되어 밖으로 나왔다면, 지금의 좋은 관계는 없었을 거야.

Day39. 사람과 사람 사이의 거리에 대하여

"할아버지, 제가 좋아하는 친구가 있어요. 더 가까워지고 싶은 친구요. 하지만 그 친구는 저와 생각이 다른 것 같아요. 선을 긋고 그 안으로는 못 들어오게 하는 기분이 들거든요. 친구가 저를 싫어하는 것일까요?"
애착 인형을 꼭 껴안고서 아이가 물었어.

아이의 질문에 쇼펜하우어가 대답했어.

"친구가 너를 싫어하는지 좋아하는지는 나도 모른단다. 그건 그 친구의 마음이니까. 하지만 한 가지는 확실해. 그건 바로 현명한 사람은 사람과의 관계에서 고독이 잊힐 정도의 적당한 거리를 유지하며 소통한다는 사실이야. 온기가 필요하다고 난로 안으로 뛰어들면 화상을 입게 되니까. 교우 관계도 그래. 지나치게 가까워지려다가, 혹은 가깝다는 이유로 자칫하다가는 상대를 불편하게 할 수 있고, 상처를 주거나 의도와 달리 관심이 간섭으로 비칠 수도 있거든. 높이 나는 새들을 봐. 부부 새도 날 때는 서로의 손을 잡지 않아."

Day40. 고독에 대하여

"할아버지, 저도 비슷해요. 혼자 있는 걸 좋아하거든요. 엄마도 아빠도 그런 저를 걱정하시죠. 친구들과 어울리지 않는다고요. 하지만 저도 늘상은 아니지만 친구와 어울릴 때도 있어요. 제가 이상한 걸까요?"
아이가 물었어.

쇼펜하우어가 대답했어.

"이상한 게 아니라 다른 거야. 많은 이들이 혼자 있는 시간에 외로움을 느끼지만, 너는 혼자 있는 시간에서 편안함을 느끼는 거니까. 어떻게 보면 축복받았다고도 할 수 있지. 진정으로 행복한 사람은 내면이 풍요로워서 자기 자신을 지키기 위해 외부의 도움을 받지 않아도 되는 사람이거든. 기쁨의 원천이 자기 안에 있기에, 그런 사람은 다인에게 도움을 받은 뒤 치르게 될 대가와 속박으로부터 자유로워."

Day41. 대화의 기술에 대하여

"다른 사람과 대화할 때도 지켜야 할 예의가 있을까요, 할아버지?"
고슴도치 이야기를 떠올리며 아이가 물었어.

쇼펜하우어가 대답했어.

"물론이야. 대화할 때 우리가 주의할 점은 가능하면 반박하지 않는 편이 좋다는 것이야. 사람을 화나게 하긴 쉽지만, 상대의 생각을 바꾸기란 불가능에 가깝거든. 대화에 있어 예의를 지킨다는 건 그런 거야. 굳이 바꾸려 들지 않아도 우정 어린 마음에서 비롯된 예의 있는 말은 적의를 품은 사람도 유순하고 호의적으로 변화시키니까. 자연 상태에서는 단단하지만 열을 가하면 유연해져서 원하는 형태로 변형이 가능해지는 밀랍처럼 말이지."

Day42. 해야 할 말에 대하여

"저는요, 할아버지, 말이 많아요. 그래서 가끔 꾸지람을 들어요. 생각 좀 하고 말하라고요. 하지만 아무리 생각해도 모르겠어요. 해도 좋은 말과 그렇지 않은 말이 따로 있나요?"

아이가 물었어.

쇼펜하우어가 대답했어.

"말은 허영심의 문제이고 침묵은 신중함의 문제야. 그런 의미에서 침묵은 말보다 더 지혜로워. 하지만 우린 어떻게든 말을 할 수밖에 없어. 타인과 소통하며 살아야 하니까. 이때 해도 좋은 말이란 자기 눈으로 직접 본 사실이고 직접 들은 말이야. 그게 아니라면 완전히 모르는 채로 남겨두어야 해. 시간과 상황에 따라 모든 게 달라질 수 있거든. 또한 사적인 말은 비밀로 남겨두는 게 좋아."

Day43. 해야 할 행동에 대하여

"해야 할 말과 그러지 말아야 할 말이 있는 줄 몰랐어요. 그러면 할아버지, 해야 할 행동과 하지 말아야 할 행동도 있나요?"

아이가 물었어.

쇼펜하우어가 대답했어.

"행동에 앞서 우린 늘 자신의 행위가 타인에게 어떤 영향을 미칠지 생각해 봐야 해. 왜냐하면 나의 선행도, 잘못된 행동도 모두 타인에게 적지 않은 영향을 미치거든. 선행은 용기를, 잘못된 행동은 고통을 주니까. 우리가 말하는 인간애란 누구도 해지지 말고 최대한 도우라는 의식을 토대로 하는 덕이야. 생각 없이 하는 말과 행동에서 비롯되는 것이 아니지."

Day44. 인간에 대하여

"할아버지, 저는 인간이란 무엇일까 하고 생각할 때가 있어요. 답은 모르겠지만요. 할아버지는 알고 계세요?"

아이가 물었어. 부모님께 여쭤봤지만 두 분 다 '뭘 그런 걸 물어봐?'라는 얼굴로 어깨만 으쓱할 뿐이었지.

쇼펜하우어는 잠시 생각에 잠겼다가 이렇게 대답했어.

"모든 유럽 언어에는 인간 개인을 지칭하기 위해 관습적으로 사용한 단어가 있어. 퍼슨person이 바로 그것이야. 그런데 이 단어는 배우의 가면을 의미하는 페르소나persona를 어원으로 한단다. 그렇다면 유럽 언어는 왜 가면에서 인간을 지칭하는 단어를 가져왔을까? 나는 그 이유를 여기서 찾아. 우리가 생활하는 사회가 연속되는 공연과 같다는 점. 그 공연이 지속되는 동안 인간은 실제 성격과는 다르지만 다른 사람의 눈에 비치는 한 개인의 모습을 갖고 있다는 점."

"모두가 가면을 쓰고 있다는 말씀이세요?"

"그렇다고 볼 수 있어. 우린 모두 우리에게 늘 한쪽 면만 보여 주는 달처럼 가면 뒤 표정을 감추고 살아가니까."

Day45. 내면을 보는 기술에 대하여

"할아버지, 저는 공중화장실에서 이런 말을 봤어요. 아름다운 사람은 머문 자리도 아름답다고요. 화장실을 깨끗하게 사용하라는 말처럼 보여요. 그런데 그냥 깨끗하게 사용하라고 하면 될 것을, 왜 아름다운 사람을 가져다 붙였을까요?"
아이가 물었어.

쇼펜하우어가 대답했지.

"사람의 내면세계는 때로 외부 세계를 통해 더 분명히 드러난단다. 왜냐하면 내면세계는 겉으로 드러나지 않아서 쉽게 인식되지 않거든. 배 내부를 들여다볼 때는 배가 얼마나 빠르게 나아가는지 알 수 없지만, 수면을 바라보면 비로소 알 수 있는 것과 같아. 사람을 보려면 신발을 보라는 말도 그와 같은 맥락에서 비롯된 것이야."

Day46. 기대에 대하여

"할아버지, 저는 친구에게 실망한 적이 있어요. 기대가 너무 커서 그랬을까요? 그래서 말인데요, 기대하는 마음이 들 때는 어떤 생각을 하면 좋아요?"

아이가 물었어. 아이는 자기와 다른 친구의 마음 때문에 상처받은 일이 있었어.

쇼펜하우어가 대답했어.

"타인에 대한 기대치가 너무 높을 때는 인간이 원래 불합리한 존재라는 입장을 지키면 도움이 돼. 이런 입장에서 출발하면 다른 사람을 더욱 관대하게 평가할 수 있고, 그 사람의 마음속에 잠들어 있는 괴물이 깨어나도 전혀 놀라지 않을 수 있거든. 또한 인생이 본질에서는 비참하고 궁핍하며, 모두가 그 안에서 생존을 위해 투쟁하고 있다는 사실을 기억하는 것도 좋지. 인생이라는 거대한 적과 싸우며 언제나 기분 좋은 표정을 지을 사람은 없으니까."

Day47. 훈련에 대하여

"할아버지, 그런데 가르치고 배우면 모두가 바른 사람이 되나요? 저는 그게 궁금해요"
아이가 물었어.

쇼펜하우어가 대답했어.

"'모두가'라는 전제는 위험해. 타고난 천성이란 게 있으니까. 하지만 훈련이 일찍 시작된다면 그 가능성은 커져. 인간의 훈련 능력은 다른 모든 동물을 능가하거든. 삶에 도움이 되는 훈련이 일찍 시작될수록 좋은 이유가 바로 여기에 있지. 동물을 훈련할 때 어릴 때 시작하는 것처럼, 예의, 규범, 존중, 정직 등 더불어 사는 데 필요한 주요 가치들은 유년기 초기에 실시해야 완전히 성공할 수 있어. 그런 건 아무리 빨리 시작해도 너무 이르지 않아."

Day48. 소중함에 대하여

"할아버지, 제게 친한 친구가 있었는데, 그 친구가 먼 나라로 이민 간 뒤에야 소중함을 알았어요. 빨리 알았더라면 더 잘해 줬을 텐데요. 저는 왜 이 사실을 이제야 안 걸까요?"

아이가 물었어.

쇼펜하우어가 대답했어.

"너뿐만이 아니야. 많은 이들이 잃은 후에야 그 가치를 발견하고 후회하니까."

"그럼 어떻게 해요? 계속 후회만 해야 해요?"

"그렇지는 않아. 사랑하는 사람, 친구, 재산, 건강 등 우리가 지금 가졌다고 생각하는 것이 없다면 어떨까 하고 생각해 보면 되니까. 네 경우처럼 대체로 상실만이 소유했던 것의 가치를 가르쳐 주거든. 이런 과정을 통해 지금 내게 속한 것의 소중함을 알게 되면 이전보다 더 큰 행복을 느낄 수 있게 돼. 또한 상실을 예방하기 위해 어떤 방법이든 마련하려 노력해서 불필요한 재앙을 피하게 되지."

Day49. 신의에 대하여

"할아버지, 그런데 진짜 진정한 우정이란 없나요? 할아버지는 아까 상황에 따라 관계도 변한다고 하셨어요. 그 말대로라면 우정 같은 건 없는 것이잖아요. 아닌가요?"

그때까지 가만히 듣고 있던 아이가 머리를 긁으며 물었어.

쇼펜하우어가 대답했어.

"진정한 우정이란 뭘까? 우정이란 신의를 지키는 행동에서 와. 그렇다면 신의를 지킨다는 건 또 뭘까? 이에 대한 해답을 나는 개와 전나무가 가지고 있다고 생각해. 개와 전나무는 좋을 때와 나쁠 때를 가리지 않고 곁을 지켜 주거든. 겨울이 되면 사과나무의 잎과 열매가 모두 떨어지는 것과 반대이지."

Day50. 함께함에 대하여

"할아버지, 인간에게 사회가 필요한 이유는 뭘까요?
우린 왜 항상 타인과 관계해 살아야 하지요?"
 아이가 물었어.

쇼펜하우어가 대답했어.

"우린 모두 인류의 이념에서 떨어져 나온 작은 조각이야. 그래서 이 조각이 성장해 어느 정도 완전한 인간적 의식이 생길 때까지 다른 사람의 보완이 필요하지. 인간에게 사회란, 그리고 타인이란 그런 의미를 지녀. 한 사람이 성장해 세계에서 떨어져 나온 작은 조각만이 아닌 그 자체로 충분한 단일체가 될 때까지, 그래서 홀로 자신만의 콘서트를 여는 거장처럼 자기만의 세계를 갖고 살아갈 수 있을 때까지 서로를 보완하며 함께 성장해 나아가는 존재."

"그럼 나중에는 전부 혼자가 되는 건가요?"

"혼자이면서도 여럿이 되지. 추운 날 모여 온기를 나누며 체온을 유지할 필요가 없는 사람의 정신은 이미 자신의 온기로 충만하거든. 그런 사람이 내뿜는 온기는 세상을 감싼단다."

네 번째 여행_ 마하켄다프펠도문

 늦은 오후가 되었어. 몇 시간 전만 해도 완두콩만큼 작던 구름이 몸집을 불리며 거대한 먹구름을 형성했어. 쇼펜하우어는 서둘러 돛을 접고 아이들을 선실 안으로 불러 모았어. 그러고는 이렇게 말했어.

 "인간에게는 자신의 현존을 의식하는 두 가지 방법이 있어. 그중 하나는 외부에서 보는 것으로 나를 무한한 우주의 아주 작은 한 부분으로 의식하는 것이고, 다른 하나는 내면에 몰입해 거울을 보듯 바깥에서 자신을 인식하는 것이야. 두 번째 경우, 인간은 자신의 유일성과 진실성을 알아. 그리고 살아 있는 모든 존재 속에 세계의 전체 중심이 있음을 알지. 정의, 평등, 박애 등 우리가 가치 있다고 여기는 모든 것은 바로 이러한 앎에서 나온단다."

Day51. 용기에 대하여

"할아버지, 저는 용감한 사람이 되고 싶어요. 진짜 용기 있는 사람이요. 그런 사람은 어떤 사람일까요?"
탐험가를 꿈꾸는 아이가 물었어.

쇼펜하우어가 대답했어.

"사람을 용기 있게 만드는 이유는 한 가지가 아니야. 용기는 다양한 원인에서 비롯되니까. 하지만 어떤 종류의 용기는 따뜻한 심장에서 나오고, 나는 그런 용기를 가장 고결한 용기라고 여겨."

"따뜻한 심장이요?"

"그래, 정말로 용기 있는 사람은 자신의 본질을 타인에게서노 인식하거든. 그리고 그들의 운명에 관심을 보여. 자신의 운명보다 더욱 가혹한 운명이 자기 주위에 항상 있음을 아니까. 그래서 그는 자신의 불우한 처지를 한탄하지 않고 오히려 타인을 도와. 모든 현실을 자기 자신에게만 한정하고 다른 사람을 허깨비처럼 여기는 사람과 정반대이지. 그런 사람은 타인의 운명에는 아무런 관심이 없거든."

Day52. 위대함에 대하여

"위대한 사람은요, 할아버지? 우리는 어떤 사람을 두고 위대하다고 말하나요?"

아이가 물었어. 아이의 꿈은 인명사전에 이름이 오르는 일이었어.

쇼펜하우어가 대답했어.

"우리가 위대하다고 말하는 사람은 개인적인 목적만을 지향하는 사람이 아니란다. 자기 자신의 협소한 세계 안에서가 아닌, 모든 것 안에서, 총체성 안에서 자신을 인식하는 사람을 우린 위대하다고 말하니까. 왜냐하면 그가 하는 일은 타인을 넘어서 다음 세대까지 이어지거든. 지성의 사명이 의지의 걸음이자 등불이고 안내자임을 알기에 가능한 일이지."

Day53. 지혜에 대하여

"할아버지, 그러면 지혜로운 사람은 어떤 사람이에요?"

아이가 물었어.

쇼펜하우어가 대답했어.

"지혜란 단순히 이론적인 완전성뿐 아니라 실천적인 완전성도 나타내는 말이야. 사물 전반에 대한 완전하고 올바른 인식이 사람에게 완전히 스며들어서 행동으로 드러나는 것이지. 우리가 지혜롭다고 말하는 사람은 바로 그런 사람들이야. 실천되지 않고 이론적으로 존재하는 지식만 가진 사람과는 달라. 지식은 색과 향기로 즐거움을 주되 열매는 맺지 못하고 떨어지는 장미와 같거든."

Day54. 평등에 대하여

"할아버지, 저는 학교에서 모든 사람이 평등하다는 것을 배웠어요. 그런데 왜 평등한지는 모르겠어요. 세상에는 좋은 사람과 나쁜 사람이 있는데 어떻게 평등하다는 거죠?"
아이가 물었어.

쇼펜하우어가 대답했어.

"아까 말했듯, 사물 자체인 의지는 모든 존재의 공통된 소재이고 사물들의 일반적인 요소란다. 우리는 이 의지를 모든 사람과, 동물, 심지어 더 아래쪽에 위치하는 존재들과도 공유하고 있어. 그런데 어떻게 우리가 평등하지 않다고 말할 수 있을까? 만물이 곧 의지이고 우리가 곧 그 의지로 충만한 사물 그 자체인데 말이야."

Day55. 연민에 대하여

"할아버지, 저는 다른 사람의 고통에 민감해요. 슬픔도 그래요. 그래서 아픈 사람이나 고통받는 사람을 보면 너무 힘들어요. 저는 왜 이럴까요?"

아이가 물었어.

쇼펜하우어가 대답했어.

"연민의 마음이 커서가 아닐까?"

"연민이요?"

"그래, 연민. 연민은 진정한 마음과 이기적이지 않은 모든 미덕의 바탕이자 선행의 표현이란다. 관용, 자선, 인간애에 대한 모든 호소가 궁극적으로 지향하는 것도 바로 그것이지. 왜냐하면 연민은 타자를 '나와 다른 사람'이 아닌 '또 다른 나'로 자각하는 깨달음에서 터져 나오거든. 당신이 곧 나라는 이 깨달음은 모두가 하나의 존재임을 상기시키는 매우 고귀한 가치야. 산스크리트어로 'Tat Tvam Asi.(타트 트밤 아시: 그것은 그대이다.)'라는 말이 의미하는 바도 바로 그것이고 말이야."

Day56. 사랑에 대하여

"할아버지, 저는 사랑이 뭔지 모르겠어요. 사랑해서 만난 사람들도 서로 싸우고 헤어지는데 그게 무슨 사랑이에요?"

아이가 물었어. 아이는 최근 이성 친구와 멀어지고 힘든 시기를 보내고 있었어.

쇼펜하우어가 대답했어.

"사랑은 전쟁의 원인이 되는가 하면 평화의 목적이 되고, 진실의 기반이 되는 동시에 농담의 대상이 되기도 해. 또한 무궁무진한 지혜의 원천이자 온갖 수수께끼를 푸는 열쇠이기도 하지."

"사랑이란 복잡한 거네요. 이렇게 복잡한 걸 다들 왜 하려고 하죠?"

"불완전하니까."

"네?"

"모든 인간은 불완전해. 그래서 사랑을 꿈꾼단다."

Day57. 베풂에 대하여

"할아버지, 저는 착한 일을 하면 부모님께 꼭 선물을 받았어요. 칭찬받을 일을 했다고요. 그런데 며칠 전에는 선물을 받지 못했어요. 부모님이 바빠서 잊으신 걸까요?"

아이가 물었어.

쇼펜하우어가 대답했어.

"글쎄다. 정확한 이유는 모르겠지만, 나는 부모님이 잘하고 계신다고 생각해. 왜냐하면 선행이 좋은 일임을 보상으로 먼저 알려 주셨고, 지금은 선행의 장점이 어디에 있는지 가르치고 계시니까. 선행은 보답을 바라고 하는 게 아니거든. 타인을 위해 한 선한 행동이 어려운 상황에 놓인 사람의 고통을 덜어 주려는 마음에서 비롯되었다면 이미 보답받은 것과 다름없으니까. 그 외에 다른 보상을 원한다면 쇼핑을 하는 편이 나아. 베풂은 베푸는 사람의 마음이 조금 더 선해지는 보상 외에는 다른 이득이 없거든."

쇼펜하우어의 말에 아이는 조금 서운한 마음이 들었어. 하지만 무슨 말인지 알 것도 같았지. 착한 일을 한 다음에는 기분이 좋았으니까. 그건 꼭 선물을 받아서가 아니었어.

Day58. 용서에 대하여

"할아버지, 저는 어제 동생과 싸웠어요. 동생이 제가 아끼는 물건을 망가트려서요. 엄마는 동생의 잘못을 용서하라고 하세요. 그런데 제가 왜 그래야 하지요? 동생은 자기가 잘못한 걸 인정하지도 않는데요?"

아이가 물었어. 아직도 화가 풀리지 않았는지 아이의 이마는 불처럼 뜨거웠어.

쇼펜하우어가 대답했어.

"맞아. 네 말대로 용서란 자기 잘못을 뉘우치는 사람에게 하는 거야. 뉘우치지 않는 사람을 용서하면 자신의 잘못을 영영 깨닫지 못하고 똑같은 잘못을 저지르게 되거든. 그뿐만 아니라 반성 없는 자기 용서를 통해 자신의 잘못을 인정하고 거기서 배움을 얻어 성장할 귀중한 경험을 잃어버리고 말지. 하지만 동생이 잘못을 시인하고 사과한다면 그땐 아마 다른 결정을 내려야 할 거야."

쇼펜하우어는 말을 마치고 아이에게 한쪽 눈을 찡긋해 보였어. 그리고 씩씩대던 아이의 어깨를 다독여 주었지.

Day59. 타인의 결점을 대하는 자세에 대하여

"할아버지, 다른 사람의 결점은요? 따끔한 지적이 도움이 되나요?"
아이가 물었어.

쇼펜하우어가 대답했어.

"때로는. 하지만 대부분은 그렇지 않아. 그래서 지적하기보다는 오히려 다른 사람의 결점과 어리석음을 자신의 부족함을 일깨우는 좋은 스승으로 여기는 편이 나아. 그러면 상대의 결점에 조금은 관대해질 수 있거든. 더 좋은 건 접촉하는 모든 사람의 가치와 존엄성에 객관적인 평가를 하지 않는 것이고 말이야. 자칫하다가는 증오하는 마음과 경멸감만 얻게 되니까. 게다가 크기와 모양만 다를 뿐, 다른 사람의 결점은 내게도 있단다. 그래서 나는 나를 인류의 결점이라고 불러."

Day60. 관용에 대하여

"할아버지, 저는 그래도 마음이 옹졸해질 때가 많아요. 나라면 저러지 않을 텐데, 하는 그런 생각이 들 때요. 이럴 때는 어떤 마음을 가지면 좋을까요?"

아이가 물었어.

쇼펜하우어는 아이의 물음에 다음과 같이 답했어.

"여러 다른 좋은 마음이 있겠지만, 그중에서도 관용이 아닐까 해. 관용은 상대의 다름을 인정하는 마음에서 나오는데 논쟁과 다툼을 피하게 해 주거든. 인간은 모두 다른 개성을 지녔어. 도덕적인 성격도, 인식하는 능력도, 기질과 인상도 다 다르지. 그런데 그 다름을 인정하지 않는다면 어떻게 되겠니? 그 사람에게 다른 사람이 되어야만 인정하겠다고 말하는 것과 같지 않을까? 터무니없는 일이지. 누군가 네게 다른 사람이 되라고 한다면 어떨지를 생각해 봐. 모르긴 몰라도 그런 요구는 절대로 받아들여지지 않을 거야."

Day61. 정의에 대하여

"할아버지, 정의란 무엇인가요? 그리고 우리는 어떤 사람을 정의롭다고 말하나요? 저는 그게 궁금해요. 정의로운 사람이 되고 싶거든요."

아이가 물었어.

쇼펜하우어가 대답했어.

"정의로운 사람은 자신 외의 존재를 자신과 같게 여긴단다. 그래서 누구도 해치지 않아. 정의와 인간애를 일으키는 원천은 낯선 현상 속에서 자신을 재인식하는 데 있거든. 따라서 정의로운 사람은 자기 뜻과 다르다고 다른 사람을 억지로 바꾸려 하지 않아. 오히려 자신의 의지를 포기하기에 이르지. 왜냐하면 그런 사람은 자신의 자아를 획장해 타인의 고통마저 흡수하니까. 정의란 그런 거야. 제비뽑기할 때 제비를 뽑는 사람은 불리한 일은 순순히 받아들여야 하듯 자신의 의지를 포기하게 만드는 것."

Day62. 도덕에 대하여

"할아버지, 우리는 왜 도덕적인 사람을 좋아할까요? 성공한 사람도 비도덕적인 일로 비난받는 걸 본 적 있는데, 왜 그런지 궁금했어요."
아이가 물었어.

쇼펜하우어는 아이의 질문에 이렇게 대답했어.

"소위 인간의 존엄성이 무엇에 근거하는지 묻는다면, 나는 즉각 도덕성에 있다고 답할 거야. 왜냐하면 도덕적 탁월함은 모든 이론적인 지혜보다 우위에 서거든. 미흡한 작품에 불과한 이론적 지식이나 더딘 길 위에서 목적지에 도달하는 추론과 달리, 목적지에 단숨에 도달하기도 하지. 게다가 도덕적인 사람은 지적 탁월함이 없더라도 자신의 행동을 통해 가장 깊은 인식, 가장 높은 지혜를 드러내. 그래서 다른 모두를 부끄럽게 만든단다."

다섯 번째 여행_ 오블리비아테

 어둠이 내리자 허공에 하얀 빗금을 그으며 비가 내리기 시작했어. 윙윙대며 부는 바람은 잔잔한 수면에 거대한 파도를 일으켰지. 쇼펜하우어는 아이들과 저녁을 먹고 따뜻한 차를 끓여 마셨어. 그러고는 다시 입을 열었어.
 "독일의 철학자 라이프니츠는 이 세계를, 있을 수 있는 세계 중 여전한 최선의 세계라고 말했단다. 그가 왜 변신이라는 개념을 간과했는지는 아직도 의문이지만 나는 그의 말에 동의해. 비록 그는 말하지 않았지만, 창조주는 세계뿐만 아니라 가능성 자체도 창조했거든. 이 가능성은 고통으로 충만한 삶을 어떤 시각으로 보는가에 대한 우리의 인식과 그것을 반영하는 태도 안에 들어있어. 인생의 방향을 정해 주는 확실한 나침반 또한 그 안에 들어있지."

Day63. 영원함에 대하여

"할아버지, 저는 변화만이 유일한 진리라는 할아버지의 말이 아직도 이해되지 않아요. 우리가 영원하다고 여기는 아름다운 가치가 있으니까요. 예를 들면 자식에 대한 부모의 사랑 같은 거요. 아닌가요?"

찻잔을 내려놓으며 아이가 물었어.

쇼펜하우어가 대답했어.

"다시 말하지만, 영원한 건 없어. 오직 변화만이 영원할 뿐이지. 자식에 대한 부모의 사랑도 영원하지는 않아. 남녀의 사랑이나 우정이 그러하듯 시간이 지남에 따라 그 모양이 달라지거든. 따라서 현명한 사람은 겉으로 보기에 영원할 것 같은 현상에 속지 않고 다음 변화가 일어날 방향을 예견해. 지금의 나쁜 일이 나중에 좋은 일이 될 수도 있고, 반대로 지금의 좋은 일이 나중에 나쁜 일이 될 수도 있음을 알기에 가능한 거야."

Day64. 추억에 대하여

"할아버지, 어떤 일은 시간이 지나도 잊히지 않고 선명하게 기억돼요. 예를 들면 행복했던 기억 같은 거요. 그래서 예전으로 돌아가고 싶은 마음이 들게 하죠. 왜 그럴까요?"

어릴 적 추억이 많은 아이가 물었어.

쇼펜하우어가 대답했어.

"기억은 카메라의 볼록렌즈와 같은 역할을 해. 그래서 모든 것을 함께 끌어모아 원본보다 훨씬 아름다운 사진을 생성하지. 비록 기억을 미화하는 일이 완성되기까지 오랜 시간이 걸리지만 미화 작업은 이렇게 즉시 시작된단다. 과거가 종종 지나치게 미화되는 건 바로 그래서야. 이때 우리가 원본보다 아름답게 보이는 기억의 사진에 속지 않으려면 그것이 더는 현존하지 않는다는 사실을 기억해 내야 해. 추억이 아름답게 느껴지는 건 지금 존재하지 않기 때문이거든."

Day65. **불안에 대하여**

"할아버지, 저는 가끔 불안해요. 예를 들면 미래를 생각할 때요. 이유가 뭘까요?"

아이가 물었어.

쇼펜하우어가 대답했어.

"불안은 생존의 전형적인 모습이야. 우리가 사는 이 지구상에 한 번 존재했던 것은 늘 더는 존재하지 않는 것이 되어 버리니까. 단 한 번도 존재하지 않았던 것처럼, 존재하지 않게 되는 것이지. 현재 존재하는 모든 것은 다음 순간 벌써 존재했던 게 되어 버리고 말이야. 불안은 바로 이러한 생의 불안정한 속성에서 비롯된단다."

"그럼 우린 계속 불안에 떨어야 해요?"

"그렇지만은 않아. 현재에 발을 디디면 그동안만큼은 불안에서 벗어날 수 있거든. 우리가 오직 현재를 살아야 할 이유 중 하나가 바로 그것이야."

Day66. 과거, 현재, 미래에 대하여

"할아버지, 우리가 발 디딜 토대가 현재밖에 없다면, 과거나 미래는 왜 있을까요? 제 생각에는 과거나 미래도 힘이 있어요. 어떤 사람은 좋은 추억 때문에 살고, 또 어떤 사람은 미래를 생각하며 오늘을 버티니까요."
아이가 물었어.

쇼펜하우어가 대답했어.

"과거는 지나간 것, 끝난 것, 죽어 없어진 것이야. 그런데도 이미 사라진 과거로 도망친다면 어떻게 될까? 천천히 죽어 가지 않을까? 반대로 미래 속에서만 산다면 무슨 일이 벌어질까? 이탈리아의 노새처럼 되지 않을까? 이탈리아에서는 노새의 머리에 한 다발의 건초를 매달아 둔단다. 그러면 노새는 눈앞에서 달랑거리는 건초를 먹으려고 걸음을 재촉해. 아무리 걸어도 먹을 수 없음을 모르기 때문이야. 미래에 매달리는 사람은 바로 이 노새와 같아. 미래가 우리의 생각과는 거의 항상 다르게 전개됨을 모르기에 자신의 노력과 희망에 의지해 앞만 보며 전진하지."

Day67. 과거, 현재, 미래를 대하는 자세에 대하여

"할아버지, 그러면 우린 과거, 현재, 미래를 어떻게 대해야 해요?"

아이가 물었어.

쇼펜하우어는 아이의 질문에 다음과 같이 대답했어.
"삶의 지혜에서 중요한 점은 우리가 과거, 현재, 미래에 주의를 기울이는 비율을 올바로 조정해 한쪽이 다른 한쪽을 망치지 않도록 하는 것이란다. 과거는 이미 지나간 것, 그래서 지난 일에 대한 후회가 무의미하며 예찬 또한 존재하지 않는 제단에 꽃을 올리듯 어리석음을 아는 일이지. 그렇다면 미래는 어떻게 생각해야 할까? 미래는 어디까지나 신의 뜻에 달려 있어. 그래서 우리의 힘으로 어떻게 할 수가 없어. 하지만 현재는 달라. 오직 오늘만이 우리를 현존하게 해 주니까. 그래서 고대 로마의 철학자 세네카는 하루하루를 하나의 인생이라고 생각하라고 말했단다."

Day68. 순간의 의미에 대하여

 "우아! 할아버지, 하루를 인생처럼 살려면 어떻게 하면 되는데요? 저도 그러고 싶어요!"
 아이가 물었어.

쇼펜하우어가 대답했어.

"오늘이 한 번뿐이고 두 번 다시 찾아오지 않는다는 사실을 기억해야지! 그리고 자기가 귀하다고 여기는 가치 있는 일에 집중해야 해. 그렇지 않으면 빨리 지나가 버리는 시간에 한탄하게 되고 말아. 반면 자신의 인생에서 무엇과도 바꿀 수 없이 귀하고 값진 것을 가진 사람의 시간은 그렇게 황급히 흘러가지 않는단다. 왜냐하면 그는 시간의 수레바퀴 중심에서 정지된 현재를 살거든. 시간이 끊임없이 흐르며 인간의 삶을 휩쓸어 가 버린다고 생각하는 사람과 달리, 시간의 수레바퀴 중심에서 움직이지 않는 현존 안에 살아가는 것이지."

Day69. 불멸에 대하여

"할아버지, 우리는 왜 모두 죽을 수밖에 없나요? 저는 그게 궁금해요."

아이가 물었어.

쇼펜하우어가 대답했어.

"삶의 모든 과정은 단 한 순간만 '존재한다.'라고 할 수 있고, 그다음에는 영원히 '존재했다.'라고 해야 한단다. 그렇게 우리는 밤마다 하루씩 더 빈곤해져. 죽음이 우리 앞에 버티고 있는 한 어쩔 수 없는 일이지. 하지만 이런 우리에게도 죽지 않을 방법은 있어."

"네? 어떻게요?"

"자신의 가장 깊은 곳에 영원히 마르지 않는 생명의 샘이 있다고 믿는 것이지. 그건 바로 현재이고 말이야. 그리고 살아가는 동안 언제나 시간의 종점이 아닌 중심점을 의식하며 생활하는 것이야. 인간이 죽음의 두려움을 느끼지 않고 하루하루를 살아가게 돕는 것은 바로 그 중심점이거든. 그래서 시간에 예민한 사람은 모든 시간에서 현재와의 동일성을 의식해. 그리고 가장 덧없는 것, 즉 현재 자체를 영영 지속되는 유일한 것으로 파악해. 그에게 현재는 외부가 아닌 내부에서 유래하거든. 따라서 그는 자기 본질의 불멸성을 의심하지 않아. 그리고 이렇게 말해. '나는 전에 존재했고, 지금 존재하고, 앞으로도 존재할 모든 것이다.'라고 말이야."

Day70. 죽음에 대하여

"저는 죽음이 무엇인지 알고 싶어요. 죽은 다음 우리는 어디로 가나요?"
아이가 물었어.

쇼펜하우어가 대답했어.

"우리는 원래 이 세상에 없었단다. 그러다 세상에 와 잠시 살다 태어나기 이전의 상태로 돌아가. 죽음이란 바로 그런 것이야. 또한 죽은 뒤 우리가 맞이하는 세상도 완전히 새롭고 낯선 상태가 아니야. 모든 시작과 끝이 연결되어 있듯이, 죽은 뒤 우린 우리 고유의 모습으로 되돌아가는 것이니까."

"그런 다음은요? 그런 다음에는 어떻게 돼요?"

"자연 속에서 자연 전체와 함께 존속하지. 살아 있는 모든 존재는 죽음을 통해 절대적인 소멸을 겪는 게 아니거든."

아이는 이제껏 죽음이 끝이라고 생각했어. 하지만 그게 아니라니, 정말 놀라웠어.

Day 71. 죽음을 보는 두 가지 시각에 대하여

"할아버지, 저는 할아버지와 생각이 달라요. 현재를 산다고 해도 우리는 늙어 죽어요. 그런데 어떻게 불멸을 말할 수 있지요?"

아이가 물었어.

쇼펜하우어가 대답했어.

"나는 세계를 나의 표상이라고 말했어. 이 말은 곧 내가 먼저 있고 그다음에 세계가 있다는 명제를 뒤따르게 하지. 우린 죽음을 소멸과 혼동하지 않기 위해 이 말을 기억해야 해."

"그건 또 무슨 말씀이세요?"

"쉽게 말하면 이런 거야. 우리는 인간을 두 가지 다른 관점에서 바라볼 수 있어. 그중 하나는 시간에 의해 시작해서 끝을 맺는 존재로 우리가 우리 자신을 보는 것이고, 다른 하나는 모든 존재하는 것 속에 구체화되어 나타나는 불멸의 존재로 스스로를 보는 것이야. 첫 번째 관점에서 우리는 태어나 자라고 늙어 죽는 생의 여러 주기를 겪어. 이때 시간은 앞서 말했듯 끊임없이 흘러서 인간의 전체 삶을 휩쓸어 가 버린단다. 하지만 두 번째 관점에서 우리는 탄생과 죽음의 변화를 지속적인 진동으로 봐. 그래서 시간도 죽음도 알지 못해. 그 세계 속에서는 시작도 끝도 없으니까."

Day72. 하루에 대하여

"할아버지, 저는 하루가 왜 있는지 궁금해요. 아침은 왜 오고 저녁은 또 왜 오나요?"
아이가 물었어.

쇼펜하우어가 대답했어.

"내가 생각하기에는 하루를 통해 일생을 보여 주려는 게 아닐까 해. 조금 전에도 말했지만, 하루란 일생과 같거든. 기상이 출생 과정이라면 아침과 낮은 청춘이고, 밤이 노년이라면 취침은 죽음을 의미하니까."

"그걸 보여 주면 뭐가 달라지는데요?"

"꺼지지 않는 생명은 없음을 알려 주지. 초가 아무리 길어도 언젠가는 다 타서 불꽃이 사그라들듯 우리도 생명이 다하면 형체가 없던 원래의 상태로 돌아가니까. 하루는 이 사실을 반복적으로 보여 주며 우리에게 주어진 나날을 헛되이 보내지 않게 돕는단다."

Day73· 유한함에 대하여

"할아버지는 말씀하셨어요. 영원한 건 아무것도 없다고요. 그래서 말인데요. 유한함을 통해 배울 점이 있을까요? 그런 게 없다면 세상이 지금과는 다르게 만들어졌을 것 같거든요."
아이가 물었어.

쇼펜하우어가 '물론이지!' 하는 표정을 지었어. 그리고 이렇게 말했어.

"인생은 출발점에서 보면 끝이 없어 보이지만, 종점에서 걸어온 길을 되돌아보면 아주 짧단다. 이걸 아는 사람은 유한한 운명의 교훈을 깨닫고 감사하는 마음을 갖게 돼. 세상에 교훈은 있지만, 행복은 없다는 사실을 인식하고 거기에 익숙해지며 만족하지. 그래서 희망 대신 통찰을 얻어 배우는 일 외는 어떤 행복도 느끼지 못하게 되고, 인생에서 일어나는 크고 작은 일에 연연하거나 괴로워하지도 않게 돼. 전부 어떤 것도 영원하지 않음을 알기에 가능한 일이지. 그래서 먼 옛날 로마의 시인 호라티우스는 영원하지 않은 것들로 우리의 정신을 피로하게 만들지 말라고 당부했단다."

Day74. 지금을 잘 살아야 하는 이유에 대하여

"할아버지, 그래도 저는 내일이 있어서 마음이 놓여요. 오늘 못 한 일을 내일 할 수 있으니까요."
아이가 멋쩍게 웃으며 말했어.

쇼펜하우어는 그런 아이를 보고 싱긋 웃었어. 그리고 이렇게 말했어.
"너처럼 많은 이들이 흔히 하는 착각은 내일이 다시 온다는 거란다. 하지만 내일은 두 번 다시 오지 않는 또 다른 하루일 뿐, 다시 오지 않아. 단 한 번뿐인 오늘처럼 말이지."
"헉, 진짜요? 그럼 저는 어떻게 해요?"
"다음 한순간이 아닌, 지금 여기, 이 순간부터 잘 살아야 하지! 빛나는 청춘이 빛나는 노년을 결정하듯, 지금이 다음 순간을 결정하거든"

Day75· 시간을 아껴야 하는 이유에 대하여

"할아버지, 저는 어른들이 왜 시간을 아껴 쓰라고 하는지 모르겠어요. 돈도 아껴야 하고, 전기도 아껴야 하는데 시간까지 아끼래요. 우린 왜 시간을 아껴야 하지요?"

아이가 물었어.

쇼펜하우어가 대답했어.

"인생이란 청년의 관점에서 보면 무한히 긴 미래이지만 노인의 관점에서 보면 아주 짧은 과거란다. 그래서 어른들이 시간을 아껴 쓰라고 말하는 거야. 산을 오르며 한쪽 면만 볼 수 있듯, 젊을 때는 건너편 기슭의 죽음을 보지 못하거든. 그러다 일단 산 정상을 넘어가면 말로만 듣던 죽음을 실제로 보게 돼. 노년에 이른 많은 이들이 청년처럼 인생의 도입부를 보는 데 그치지 않고 출구까지도 조망할 줄 알게 되는 이유가 여기에 있지. 인생의 무상함을 완전히 깨닫는 것도 바로 그때이고 말이야."

쇼펜하우어의 말에 아이는 아하, 하는 표정을 지었어. 하지만 그것이 온전한 이해를 의미하진 않았어. 아이에게는 청년보다 더 긴 미래가 있었으니까.

Day76. 시간의 선물에 대하여

"할아버지, 그래도 저는 늙는 게 싫어요. 좋은 점보다는 나쁜 점이 더 많아 보이거든요. 아닌가요?"
아이가 물었어.

쇼펜하우어가 대답했어.

"성숙은 오로지 경험과 시간의 소산이야. 그런 의미에서 나이 듦은 부정적인 측면만 있는 게 아니란다. 늙어 감에 따라 지적인 능력은 줄어들지만, 도덕적인 특성은 그대로 남아서 그 선함으로 여전한 존경과 사랑을 받게 하니까. 게다가 시간은 불안, 우울, 분노, 좌절, 손실 등 쉽게 사라지지 않는 부정적인 감정을 서서히 사라지게 만들어. 앞서 말했듯 삶에 일어난 중요한 일의 연관성을 나중에야 이해하게 돕기도 하고 말이야. 시간이 우리에게 주는 선물이지."

Day77. 죽음의 두려움을 물리치는 방법에 대하여

"할아버지, 죽음이 소멸이 아니라고 해도, 저는 죽는 게 무서워요. 어떻게 하면 이 두려움을 물리칠 수 있을까요?"

아이가 물었어.

쇼펜하우어가 대답했어.

"사람들은 흔히 상상 속에서 자신이 지구의 위쪽에 있다고 믿는단다. 그러고는 아래로 미끄러질지도 모른다고 생각하며 두려움에 떨어. 하지만 그건 착각일뿐 사실이 아니야. 실제로는 지구상 어느 곳이나 위니까. 죽음으로 현재를 잃어버릴지도 모른다는 공포 또한 그래. 그 또한 모든 삶의 방식이 현재라는 사실을 망각한 착각일 뿐이거든. 현재는 의지에서 벗어나지 못하며 의지 또한 현재에서 벗어나지 못한단다. 그래서 우린 있는 그대로의 삶에 만족해야 하고 어떤 방식으로든 삶을 긍정해야 해. 그래야만 삶에 끝이 없음을 확신하고 죽음의 공포에서, 현재를 잃어버릴지도 모른다는 어리석은 공포에서 벗어날 수 있어."

Day78. 죽음 이후에 대하여

 "할아버지, 죽음이 끝이 아니라면, 죽음 이후의 세계는 어떤 걸까요?"
 아이가 물었어.

쇼펜하우어가 대답했어.

"죽음으로 우리가 다시 돌아가는 상태는 존재의 원래 상태, 즉 자기 자신의 상태란다. 이 원래 상태에서는 뇌의 인지 작용과 같은 지극히 간접적이고 임시적인 방편이 불필요하므로 우리는 인지 능력을 잃게 돼. 인식은 현상계를 매개하는 단순한 수단에 불과하기에 죽은 뒤에는 아무런 도움이 되지 않기 때문이야. 우리가 만약 이 근원적 상태에서 동물적 의식을 유지할 수 있다고 해도 결과는 마찬가지일 거야. 마비 환자가 치유되면 목발을 거절하듯이, 우린 의식을 거절할 테니까. 왜냐하면 죽음 이후의 세계는 우리가 이제껏 꾸어온 삶이라는 꿈과는 전혀 다른 새로운 꿈이거든."

여섯 번째 여행_ 카스트로폴로스

 밤이 깊어지고 비가 잦아들었어. 구름이 사라진 자리에는 첫 별이 떠서 다가올 새벽을 암시했지. 쇼펜하우어는 아이들을 데리고 갑판 위로 올라갔어. 그리고 이렇게 말했어.

 "인간의 행복과 불행은 무엇으로 자신의 마음을 채우는가에 따라 달라져. 행복은 추구하는 게 아니라 받아들이는 것이거든. 그래서 행복은 꿈이 될 수 없어. 인생의 어느 시점에 반드시 이루어져야 할 목적도 될 수 없지. 그런 꿈과 목적은 얼마 안 가 불만이 되고 대부분 환멸로 끝나고 마니까. 그러나 자기 자신에게 만족하고 그 안에서 즐거움을 발견하는 일이 많아진다면 문제가 달라진단다. 우리가 우리 자신에게 가장 훌륭한 존재여야만 하는 이유가 바로 여기에 있지."

Day79. 인간의 운명에 대하여

 "할아버지, 저는 인간의 운명이란 어떤 것인지 생각해요. 아무리 생각해도 운명이란 단어가 모호하게 들리긴 하지만요. 그래서 여쭤봐요. 인간은 어떤 운명을 갖고 이 세상에 오는 건가요?"
 아이가 물었어.

쇼펜하우어가 대답했어.

"독일의 시인이자 극작가인 실러는 인간은 모두 아르카디아, 즉 신화 속 이상향의 세계에서 태어났다고 말했어. 인간이 행복과 향락으로 가득 찬 모습으로 태어나 행복과 향락에 대한 욕구를 실현하려는 어리석은 희망을 품고 살아간다는 것이지. 그러다 만나는 게 바로 운명인데, 운명은 예고도 없이 한밤중에 찾아와 거칠게 인간을 붙잡고 인간의 것은 아무것도 없으며 모든 것은 자기 것이라고 가르친단다."

"와, 굉장하네요! 하나도 즐겁지 않아요!"

"맞아, 즐거움과는 거리가 멀어. 하지만 나는 인간의 운명이 가혹한 것을 오히려 다행으로 여겨. 행복이나 향락이 신기루에 불과하다는 앎을 통해 인간을 허상을 좇는 대신 고통과 고뇌의 접근을 막도록 노력하게 만드니까. 이 과정에서 우린 세상에서 누릴 수 있는 최고의 선이 고통 없이 조용히 살아가는 것임을 깨닫게 된단다. 너무 불행해지지 않는 가장 확실한 방법은 자신에게 아주 행복해지라고 요구하지 않는 일이란 것도 알게 되지. 그래서 행복을 얻으려는 어리석은 욕망에서 비로소 탈출하게 돼."

Day80. 행복이 소망이 되는 이유에 대하여

"할아버지, 그래도 많은 사람이 행복한 삶을 원해요. 왜 그럴까요? 모두가 불행하기 때문인가요?"
아이가 물었어.

쇼펜하우어가 대답했어.

"우린 건강할 때 건강을 느끼지 못해. 반면 아플 때의 고통은 강렬히 느낀단다. 안전할 때는 안전함을 느끼지 못하다가 위험할 때는 너무도 잘 위험을 알아차리고 말이야. 입안에 든 음식물을 삼키고 난 후에는 아무 맛도 느끼지 못하는 것과 같아. 행복도 그래. 많은 이들이 행복할 때는 행복을 의식하지 못하다가 불행이 찾아오면 그제야 행복을 떠올리거든. 그러고는 행복해지길 바라지. 장애물을 만나지 않는 한 소용돌이를 일으키지 않는 시냇물처럼 의지대로 모든 일이 진행되면 그것을 눈치채지 못하다가 장애물을 만난 뒤에야 누려오던 것들을 깨닫는 거야."

Day81. 행복에 대하여

"휴, 할아버지, 저는 행복이란 무얼까 생각해요. 답은 아직 모르겠지만요. 할아버지는 아세요?"
아이가 양손으로 턱을 괴고 물었어.

쇼펜하우어가 대답했어.

"행복과 불행은 결국 우리가 원하는 것과 우리에게 주어지는 것 사이의 격차에 달려 있단다. 고통은 가진 게 없어서가 아니라 가지려고 하지만 그것이 없어서 생겨나고 말이야. 그런데도 많은 이들이 그 사실을 모르고 행복에 집착해. 욕망이 영원히 충족될 수 없음을 인정할 때 비로소 고통의 바다를 건널 수 있는데도 그 사실을 모르고 행복을 하나의 도달해야 할 지점으로 여기지. 하지만 행복은 무언가를 향해 열심히 나아갈 때 그 길에서 우연히 얻은 한 모금의 물과 같은 것이란다. 그래서 깃발이 꽂힌 마지막 지점에 행복이라는 단어가 새겨져 있더라도 그것은 진정한 행복이 될 수 없어. 행복은 결과가 아닌 과정이거든."

Day82. 인생에서 행복의 의미에 대하여

"할아버지, 행복이 목적이 될 수 없다면, 우리는 무엇을 추구하며 살아야 하나요?"

아이가 물었어. 아이의 꿈은 행복한 사람이 되는 거였거든.

쇼펜하우어가 대답했어.

"볼테르가 말했단다. 행복은 꿈일 뿐이고, 고통은 현실이라고. 아리스토텔레스도 현명한 사람은 즐거움을 추구하지 않고 고통 없는 상태를 추구한다고 말했지. 이 말에는 삶에서 얻을 수 있는 즐거움이나 안락함에 끌려가지 말고 인생에서 일어날 수 있는 수많은 재앙에서 되도록 멀리 피하라는 지혜가 담겨 있어. 행복하게 산다는 것은 덜 불행하게 산다는 걸 의미하거든. 왜냐하면 인생은 실제로 즐거움을 누리기 위해 우리에게 보내진 선물이 아니니까. 오히려 극복해야 할 것이고, 고되게 갚아야 할 의무이며 임무야."

Day83. 의지의 부정에 대하여

"할아버지, 인생이 극복해야 하는 거라고요? 왜요?"
아이가 물었어.

쇼펜하우어가 대답했어.

"왜냐하면 삶에서 확실한 건 죽음과 고통밖에 없으니까. 그런데도 사물 자체인 의지는 결코 끝나는 법이 없지. 거기에는 다른 의도도 목적도 없어. 그게 사물의 본질이야. 그런데 이 맹목적인 욕망은 충족될 수 없단다. 그래서 내가 삶을 고통이라고 말한 거야."

"그렇다면 덜 고통스러워지기 위해 우린 무엇을 해야 하나요?"

"의지를 부정해야 하지."

"의지를 부정해요? 어떻게요?"

"지금까지 의욕을 갖고 대하던 것을 의욕 없이 바라보는 것이야. 무언가 바라는 마음을 지워 삶에 대한 의욕을 갖지 않는 이 행위를 두고 불교에서는 열반, 베다학설에서는 크고 깊은 잠이라고 불렀단다."

아이는 쇼펜하우어의 말이 마음에 들었어. 의욕을 갖지 않음으로 모든 고통에서 해방될 수 있다니, 근사하잖아?

Day84. 고난과 역경에 대하여

"할아버지, 저는 천국이 왜 하늘나라에 있는지 모르겠어요. 처음부터 우리가 사는 땅 위에 있었으면 좋았잖아요? 그랬다면 고생하는 사람이 없었을 테니까요. 아닌가요?"

아이가 물었어.

쇼펜하우어가 대답했어.

"대기의 압력이 없으면 인간의 몸은 파열해 버리고 말아. 배도 안전하게 똑바로 나아가려면 바닥에 짐을 실어야 하지. 이렇듯 인간의 삶에도 고난, 곤궁, 고약한 일, 실패 등이 필요해. 그렇지 않다면 자꾸 오만해져서 제어할 수 없는 바보짓을 하게 되거든. 게다가 모든 소망이 생기자마자 성취된다면 남은 인생을 무엇으로 채우고 무엇으로 시간을 보내겠니? 과실이 저절로 자라고 닭이 요리된 채 날아다닌다면 말이야. 분명 인간은 지독한 무료함과 싸워야 할 거야. 아니면 싸움과 폭력을 일삼을지도 모르지. 이로 인해 더 많은 고통을 맛보게 될 테고 말이야. 그렇기에 고난과 역경은 필요해. 인간이 살아야 할 땅도 다른 데 있지 않지. 지금의 세상이 곧 인간이 살기 가장 적당한 곳이니까. 게다가 중요한 건 일어난 일 그 자체가 아니란다. 좋은 일이든 나쁜 일이든, 인생에 닥치는 모든 일보다 중요한 건 받아들이는 자세이거든."

Day85. 고통과 지루함에 대하여

"할아버지, 치킨이 하늘에 날아다닌다면 저는 진짜 행복할 것 같은데요? 제가 늘 꿈꾸던 게 그런 거니까요. 그런데 왜 무료함에 죽을 거라고 하세요?"

아이가 물었어.

쇼펜하우어가 대답했지.

"빈곤과 결핍은 고통을 낳고, 안전과 과잉은 지루함을 낳기 때문이야. 그게 곧 세상의 이치이고 말이지. 차이는 있겠지만 인생이란 결국 고통과 지루함을 오가는 움직임 사이에 있다고 봐도 무방하거든. 그런데 이 대립 관계는 내적 요소인 정신력에 따라 좌우되기도 한단다. 내면의 공허함은 계속해서 외부의 자극을 갈구하도록 정신과 마음을 움직여 불필요한 사교와 오락, 유흥, 사치를 갈망하게 하고, 내면, 즉 정신의 풍요는 어떤 상황이든 관계없이 인간을 고독 속에서 자신의 본래 모습으로 돌아가게 만드니까. 그래서 우린 늘 우리 자신에게 가장 좋은 것을 주어야 해. 괴테가 말했듯 인간은 모두 결과적으로 자기 자신에게로 돌아가게 되어 있거든."

Day86. 고난과 역경을 대하는 자세에 대하여

"할아버지, 저는 인생을 다르게 봤어요. 꽃길만 가득한 줄 알았거든요. 그래서 지금은 이곳에 온 게 조금 후회돼요. 인생의 안 좋은 부분을 알아 버린 것 같아서요. 우리에게 왜 이런 걸 알려 주셨어요?"

부족함 없이 자란 아이에게는 쇼펜하우어의 말이 지나치게 가혹하게 들렸어.

쇼펜하우어가 대답했어.

"우리는 막이 오르기 전 극장 안 아이와 같단다. 들뜬 마음으로 연극이 시작되기를 간절히 기다리는 아이 말이야. 앞으로 시작될 극이 어떻게 진행될지 전혀 모르기에, 아이는 한껏 부푼 마음으로 무대를 응시해. 하지만 극이 시작된 후에는 어떨까? 분명 예상하지 못한 일로 당황할 거야. 반대로 인생이 본래 행복과는 거리가 먼 것이며 고난과 역경으로 가득한 것임을 안다면 우린 앞으로 닥칠 재난을 예상하고 각오하게 돼. 재난을 단순히 있을 법한 일이라 생각하고 그 전체를 파악함으로써 한계를 알아차릴 수 있게 되지. 인생의 모든 불행은 고난과 역경으로 가득한 생의 본질을 꿰뚫는 눈이 아닌, 행복해야만 한다는 생각에서 오거든."

Day87. 인격이 행복에 미치는 영향에 대하여

"할아버지, 우리 반에는 항상 행복해 보이는 친구가 있어요. 성격이 무척 좋은 친구이죠. 그래서 궁금해졌어요. 그 친구가 늘 행복한 건 성격이 좋아서일까요, 아니면 행복한 일만 있어서일까요?"

아이가 물었어.

쇼펜하우어가 대답했어.

"아마도 좋은 성격 때문이 아닐까 해. 행복한 일만 있는 인생은 세상에 없거든. 이것을 뒷받침할 수 있는 이론이 있는데, 아리스토텔레스가 말한 인생의 세 가지 자산이 바로 그것이야. 그가 나눈 이 자산에는 첫째, 인격이라 말할 수 있는 개인의 본질이 있어. 둘째는 재산과 같은 개인의 소유물이고, 세 번째는 명예, 지위, 평판과 같은 개인의 외면이야. 이중, 인격은 다른 두 자산보다 행복에 더 큰 영향을 미쳐. 인격은 위에서 말한 다른 외적 자산과 달리 운명에 종속되어 있지 않고, 누구도 빼앗아 갈 수 없으며, 어떤 상황에서도 한결같은 효력이 발생하거든."

Day88. 내적 부에 대하여

"우아, 할아버지, 진짜 그런 것 같아요. 어떤 사람은 부자인데도 불행해 보이거든요. 가난해도 행복해 보이는 사람이 있고요."

아이가 말했어.

아이의 말에 쇼펜하우어는 중지와 엄지손가락을 부딪쳐서 소리를 냈어. 그리고 이렇게 말했어.

"맞아. 인간을 이루는 건 내적 부에 속하고, 이 내적인 부는 결코 외적인 부를 통해 채워지지 않아. 바꿔 말하면 인간의 내면적 모습과 인간이 원래 지닌 것, 요컨대 인격과 그것의 가치가 행복과 안녕의 유일한 직접적 요인이란 것이지. 다른 모든 것은 간접적인 것에 지나지 않아."

Day89. 행복과 불행의 양에 대하여

"할아버지, 그러면 내면이 부자인 사람이 그렇지 못한 사람보다 더 큰 행복을 느끼나요? 그렇다면 실망이에요. 행복할 수 있는 사람이 따로 정해진 것 같아서요."

아이가 자그마한 입술을 삐죽이며 물었어.

쇼펜하우어가 대답했어.

"불행히도 그렇단다. 한 사람이 느낄 수 있는 행복과 불행의 양은 정해져 있고, 그 모양도 개인의 성질에 따라 달라져. 하지만 그렇다고 미리 낙담할 필요는 없어. 내면의 부는 인격에 좌우되고, 인격은 자신에게 부족한 점을 개선하며 발달해 나가니까. 세상에는 자신의 단점을 극복해 큰일을 해낸 사람들이 많거든. 그들이 보통 사람들과 다른 점은 자신의 결점을 인지했다는 사실에 있고 말이야. 제2의 천성은 그렇게 만들어져."

Day9. 웃음에 대하여

"제2의 천성이요? 그러면 우울한 성격의 사람도 밝은 사람이 될 수 있나요?"

입꼬리가 눈에 띄게 처진 아이가 물었어.

쇼펜하우어가 대답했어.

"더 자주 웃는 연습을 한다면 가능해. 밝게 생각하는 연습도 필요하지. 밝은 생각은 늘 자기 내면에 긍정적일 수 있는 나름의 이유를 제공하거든. 즐거워하는 사람도 그래. 즐거워하는 사람은 언제나 그럴 만한 이유가 있는데, 그건 바로 그 사람이 즐거워한다는 사실이란다. 무엇도 이 특성을 완전히 대체하지는 못해. 하지만 조금 전에도 말했듯, 가장 중요한 건 자기 자신을 똑바로 보고 인정할 줄 알아야 한다는 것이야. 그래야 고칠 수 있으니까."

쇼펜하우어의 말에 아이가 속으로 생각했어. 열 개의 계획 중 한 개를 성공하고 아홉 개에 실패해도 기뻐하던 친구를. 아이는 그 친구를 보고 늘 반대로만 생각하던 자기를 반성했지.

Day91. 건강에 대하여

 "할아버지, 건강은요? 저는 건강이 행복에도 큰 영향을 미친다고 생각해요. 자전거를 타다가 넘어져서 한동안 다리에 깁스한 적이 있는데, 친구들과 뛰어놀 수 없어서 불행하다는 생각이 들었거든요."
 아이가 물었어.

쇼펜하우어는 양쪽 눈썹을 위로 올리며 빙긋 웃었어. 그리고 이렇게 말했어.

"맞아. 옛말에 건강한 거지가 병든 왕보다 더 행복하다는 말이 있듯 어떤 것도 건강과 조화로운 신체가 주는 장점을 넘어서지는 못해. 수입에 의존하지 않는 나라의 행복도가 수입에 의존하는 나라보다 월등히 높듯이, 자신을 지탱하기 위해 외부의 도움을 크게 필요로 하지 않는 사람은 도움이 필요한 사람보다 훨씬 행복하거든. 게다가 건강은 인격처럼 홀로 있을 때도 그 자신을 따라다니는, 아무도 그에게 주거나 빼앗을 수 없는 것이란다. 그래서 다른 외적인 무엇보다 중요해."

Day92. 통찰에 대하여

"할아버지, 내면이 부자인 사람은 또 어떤 특성을 갖나요?"

아이가 물었어.

쇼펜하우어는 아이의 질문에 이렇게 대답했어.

"아마 상상력이 풍부할 거야. 모든 이해는 상상력을 바탕으로 하니까. 또한 뛰어난 통찰력을 지녔을 거야. 예술품을 만들 듯 지적인 삶에 매진하기도 하겠지. 끊임없이 통찰하고 생각하는 과정에서 일관성 있게 발전을 거듭해 온전하고 완전한 생활을 이루어 내면서. 행복을 목적으로 여기며 자신의 행복만을 중요하게 생각하는 가난한 내면을 가진 사람과는 분명 다를 테니까."

Day93. 행복과 불행을 대하는 자세에 대하여

"우아, 할아버지, 저도 통찰력을 기르고 싶어요! 그러면 불행이 닥쳤을 때도 완전히 불행하지만은 않을 것 같거든요. 그렇죠?"

아이가 물었어.

쇼펜하우어가 대답했어.

"물론이야. 통찰력을 기르면 행복도, 불행도 우리를 흔들지 못해. 통찰력 있는 사람은 만물의 덧없음을 아니까. 그래서 그는 언제나 지금 일어나는 모든 일의 대척점을 생각해. 마음속으로 행복에는 불행을, 우정에는 적의를, 좋은 날씨에는 나쁜 날씨를, 사랑에는 미움을, 신뢰에는 배신을 그려 보고 어떤 것도 영원히 지속되지 않음을 확인하지. 이와 반대의 경우도 마찬가지야. 그러면 언제나 사려 깊게 행동할 수 있게 되고 눈에 보이는 것들에 쉽게 속지 않게 돼."

Day94. 운동에 대하여

"할아버지, 저는 움직이는 것을 정말 싫어해요. 땀도 나고 힘들잖아요. 그런데 요즘 엄마가 강제로 운동을 시키세요. 건강해야 한다고요. 저는 지금도 아주 건강한데 말이죠."

아이가 투덜거렸어.

쇼펜하우어가 대답했어.

"나무도 건강히 무럭무럭 자라려면 바람을 통한 운동이 필요하단다. 아리스토텔레스가 말했듯 생명의 본질은 운동에 있거든. 심장을 봐. 확장과 수축이라는 복잡한 운동으로 격렬하게 고동치잖아? 폐도 쉼 없이 펌프질하고 장도 연동 운동으로 계속 꿈틀거려. 우리에게 운동이 필요한 까닭은 바로 이 모든 생리적 과정이 순조롭게 진행되어야 하기 때문이란다. 장기의 개별적 운동이 일어나려면 신체를 움직이는 전체적 운동도 필요하니까."

'쳇!' 하는 마음이 들었지만, 수긍이 가는 대답이었어. 먹고 움직이지 않으면 소화가 잘 되지 않았거든.

Day95. 행복의 기준에 대하여

"할아버지, 우린 어떤 기준으로 행복한 삶을 살았다고 말하는 걸까요? 저는 그게 궁금해요. 나중에 늙어서 행복한 삶이었다고 말하고 싶거든요."

아이가 물었어. 질문에서도 엿보이듯 상당히 어른스러운 아이였지.

쇼펜하우어가 대답했어.

"어떤 사람의 생애가 행복했는지는 그가 얼마나 많은 쾌락과 향락을 누렸는지로 평가할 게 아니라 고통이 얼마나 없었는가로 평가해야 해. 고통이 적극적 성질을 띠는 것과 달리 쾌락과 향락은 소극적 성질을 띠고 있거든. 고통 없는 상태에서는 지루함도 없기에 그것으로 행복해지기 위한 중요한 요소는 모두 달성했다고 볼 수 있으니까. 그 이외의 것은 모두 허상에 불과해. 이에 대해 괴테는 자신의 소설에서 '재앙을 피하려는 사람은 언제나 자신이 원하는 바를 아는 인물이다. 반면 자기가 소유한 것보다 더 나은 것을 바라는 사람은 완전히 눈먼 인간이다.'라고 말했단다."

Day96. 삶의 범위가 행복에 미치는 영향에 대하여

"할아버지, 주변에 사람이 많은 건요? 그건 행복을 재는 기준이 될 수 없나요?"
아이가 물었어.

쇼펜하우어가 대답했어.

"그것도 좋은 기준이 되지. 인간은 시야, 활동, 접촉 범위가 좁을수록 더 행복해지고, 범위가 넓어질수록 더 자주 괴롭거나 두려워지거든. 범위가 넓어지면 걱정, 욕망, 끔찍한 일도 더 많이 일어나지. 여기에는 정신적인 범위도 포함돼. 의지를 자극하는 일이 적으면 고통도 줄어드니까. 활동 범위에 제한을 두면 의지를 자극하는 외부 동기가 사라지고, 정신적 활동 범위까지 제한하면 의지를 자극하는 내면의 동기가 없어지기 때문이야. 다만 정신의 범위가 제한되면 지루함이 찾아온다는 단점은 있어. 지루함에 빠진 인간이 온갖 오락거리와 사교 모임, 사치, 도박, 술 등에 손을 뻗는 것도 바로 그래서이고 말이야. 하지만 그 뒤에는 늘 손해, 파멸, 불행이 기다리고 있단다. 따라서 우린 지루함을 느끼지 않는 범위 내에서 관계를 최대한 단순하게, 나아가 획일적으로 만들 필요가 있어."

Day97. 일에 대하여

"할아버지, 일은요? 크면 다 일을 해야 하는데, 어떤 일을 하는가에 따라 우리가 느낄 수 있는 행복의 양이 달라지나요?"

아이가 물었어.

쇼펜하우어가 대답했지.

"운명은 카드를 섞고 우리는 게임을 한단다. 그런데 이 게임을 성공적으로 마치려면 단순한 의욕과 능력만이 아닌, 자신이 무엇을 원하는지, 무엇을 할 수 있는지 알아야 해. 그래야 자신이 갖고 태어난 특질을 잘 활용해 올바른 일을 성취할 수 있어. 안 그러면 욕망의 노예가 되기 쉽거든. 그리고 자신이 할 수 있는 일은 미루지 말고 곧장 해야만 해. 시간과 기회는 우리를 기다려주지 않으니까."

Day98. 개인적인 목적과 전체적인 목적에 대하여

"할아버지, 인생에서 세워도 좋을 목표가 있다면 무엇일까요?"

아이가 물었어.

쇼펜하우어가 대답했어.

"아마도 그건 전체성 안에 있지 않을까 해."

"네?"

"개인적인 목적을 지향하는 모든 활동은 왜소한 성질을 가져. 그런 사람은 자기 자신의 비좁은 세계에서만 스스로를 인식하고 발견하거든. 반면에 모든 것에서, 즉 총체성 안에서 자기 자신을 인식하는 사람은 행복에 대해서도 다른 눈을 갖고 있어. 그는 개인의 작고 작은 소우주가 아닌 끝없이 넓은 우주, 말하자면 거시 우주에서 살거든. 그가 사는 이 거시 우주에서는 행복과 불행이 따로 떨어진 정반대 개념이 아니야. 그가 곧 우주이고 온 우주가 그이기에, 그는 자기 안에서 타인을 보고, 타인 안에서 자기 자신을 보지. 그리고 자신의 이익만을 추구하는 사람보다 훨씬 더 근원적인 행복에 도달해."

Day99. 구원에 대하여

"할아버지, 우린 어떤 때 구원받나요? 잘못을 용서받았을 때인가요?"

아이가 물었어.

쇼펜하우어가 대답했어.

"빛을 발견했을 때이지."

"빛이요?"

"빛은 무언가를 드러내는 데 그치지 않아. 그 자체로 이미 계시와 같으니까. 반대로 어둠은 그 자체로 형벌이란다. 하지만 어둠이 없다면 빛도 없어. 구원받으려면 고난과 고통이 필요한 것과 같은 이치이지. 왜냐하면 삶에 대한 의지인 인간의 욕망이 고통을 낳고, 참된 구원은 고통을 낳는 의지의 부정, 즉 모든 욕망에서 해방된 순수 의식에 있거든. 이 사실을 알면 우린 다른 사람의 행복보다는 불행을 부러워해야 한다는 사실을 깨닫게 돼."

Day100. 행복한 삶에 대하여

"할아버지, 행복한 삶을 위해 우리에게 마지막으로 해 주실 말씀이 있나요? 있다면 말씀해 주세요."
아이가 물었어.

쇼펜하우어는 아이의 물음에 다음과 같이 답했어.

"사랑받는 사람이 될 것. 그런데 그러려면 먼저 사랑할 줄 아는 사람이 되어야 해. 내가 얼마나 베푸는지에 따라 상대의 호감도 바뀌니까. 또한 삶이 우리에게 무언가를 주었다면 그것이 잠시 빌려준 것에 불과하다는 사실을 잊지 말아야 해. 그리고 온전히 나의 것이라 할 수 있는 자기 자신에 만족해야 하지. 왜냐하면 자기 자신에게 만족하고 자기 자신이 전부일 수 있어서 '나는 모든 재산을 몸에 지니고 다닌다.'라고 말할 수 있는 사람은 행복하거든."

에필로그

마침내 100개의 질문과 대답이 오간 대항해가 닻을 내렸어.

아이들은 모두 집으로 돌아갔고, 쇼펜하우어도 따뜻한 벽난로 앞으로 돌아왔어. 전부 순식간에 벌어진 일이었지. 올 때와 마찬가지로 잠시 눈을 감았다 뜨기만 하면 됐으니까.

하지만 눈앞에서 갑자기 바뀐 풍경은 아이들을 또 한 번 놀라게 했어. 물론 그 놀라움은 여행을 떠나기 전과는 많은 면에서 달랐지만 말이야. 아이들 모두 이제는 마법이 어떻게 일어나는지 알았거든. 그러니 꿈은 절대 절대 아니었지. 게다가 증거도 있었어. 아이들의 질문 가방 안에 든 쇼펜하우어의 편지가 바로 그것이었어.

 자전거를 타다가 넘어진 아이의 배낭 속에도, 울다 잠든 아이의 머리맡 가방 속에도, 담장 너머로 축구공을 넘긴 아이의 호주머니 속에도 쇼펜하우어가 겨울이 오면 꺼내 보라며 써 준 편지가 들어 있었거든. 그것은 늙은 철학자가 아이들에게 전하는 마지막 당부이자 아이들에게는 그 자체로 힘이 될 마법의 주문이었어.

다음은 그 전문이야.

나의 작고 아름다운 오아시스들에게,

먼 옛날, 어느 사막 한가운데에 오아시스 하나가 있었단다. 오아시스에는 아름다운 꽃과 푸른 잎이 무성했어. 나무 그늘에도 맑고 청량한 물이 샘솟는 자그마한 옹달샘이 있었지.
오아시스는 매일 자기 안의 풍경을 채색하며 평화로운 시간을 보냈어. 그러던 어느 날 이야기야. 안으로 향했던 눈이 바깥으로 향하며 오아시스는 자기 주위에 끝없이 펼쳐진 모래 언덕을 발견했어. 한눈에 봐도 지루하기 그지없는 사막이었지.
풀 한 포기 없이 황량하기만 한 풍경을 보고 오아시스는 탄식했어.
"나는 불행하고 외로운 오아시스야. 나를 발견할 눈이, 꽃과 샘물, 야자수를 보고 기뻐할 눈이 없으니까.

이렇게 버려져 있는데 나의 온갖 장점과 풍요로움이 무슨 소용이 있을까?"
잠시 후, 옆에서 오아시스의 탄식을 가만히 듣고 있던 사막이 마침내 입을 열었어.
"어리석은 자여, 내가 만일 메마른 사막이 아니라 꽃과 푸른 식물, 생명으로 뒤덮여 있었다면 그대는 분명 멀리서 온 여행자가 칭찬하며 방문하는 오아시스, 혜택받은 지점이 될 수 없었을 것이다. 나의 화려함과 웅장함에 가려져 누구의 눈에도 발견되지 않았을 테니까. 그러니 오히려 기뻐하라. 내가 갈증을 일으키는 뜨거운 태양과 모든 것을 휩쓸어 가는 모래 폭풍으로, 견디기 어려운 밤의 혹독한 추위로 이곳에 있음을!"
오아시스는 그제야 자신의 어리석음 깨달았어. 그리고 외부로 향했던 자신의 시선을 다시 안으로 향하게 했지.
이후 사막은 오아시스에게 더는 모래 언덕만으로 뒤덮인 황무지가 아니었어.

왜냐고? 나는 이제 그 이유를 너희들이 안다고 생각해. 그래서 눈 내리는 12월의 차가운 밤에도 밝고 따뜻한 자기만의 방에서 크리스마스를 축하하리라 믿지.

또 만나자꾸나.
모두의 건투를 빈다.

-아르투어 쇼펜하우어가, 사랑을 담아.

쇼펜하우어는 불꽃을 응시했다.

그러자 불꽃이 말했다.

'오, 내 영혼이여!'

∥작고 아름다운 철학수업으로 초대합니다∥

작고 아름다운
니체의 철학수업

프리드리히 니체
지연리 글·그림

작고 아름다운
아들러의 행복수업

알프레드 아들러
지연리 글·그림

작고 아름다운
쇼펜하우어의 철학수

아르투어 쇼펜하우어
지연리 글·그림

철학자 니체 할아버지의
정원에 초대된
100명의 아이들
100개의 질문을
배낭 속에 넣고
떠난 질문여행!

100개의 어린구름,
100개의 질문을 들고
아들러의 연구실 문을
두드린 그날 밤
가장 빛나는 질문을 한 사람이
가장 빛나는 답을 얻는다!

눈 내리는
겨울 아침의 마법,
쇼펜하우어와
함께 떠나는
100명의 아이들,
100가지 질문여행!

〈작고 아름다운 철학수업〉은 계속 출간돋